KB266188

빛과 그림자

빛과 그림자

황향연 역사소설

좋은땅

차례

역사는 종종 눈물을 감춘다.

장영실의 채찍 자국은 기록되지 않았고,

이도의 가슴을 찢던 울음소리도 남지 않았다.

눈이 멀어 글자를 완성할 수 없을까 하는 초조함도….

연이의 숨결도 바람과 함께 사라졌다.

그러나 그들의 숭고한 삶이 있었기에.

우리는 오늘 밤하늘의 별을 바라보며, 우리의 글자로 노래할 수 있다.

의문의 전화

　　KBC 방송국에 한 통의 전화가 울렸다. 한글의 비밀을 담은 문서를 보여 주겠다는 익명의 전화였다.

　　'장난 전화가 아닐까?'

　　대부분의 방송국 직원들은 그렇게 생각했지만 한가람 기자는 그 목소리가 단순히 장난 전화가 아닐 것이라 직감했다.

　　한가람 기자는 그 목소리가 알려 준 주소로 이동했고, 그는 그곳에서 깜짝 놀라고 말았다. 그의 앞에 나타난 사람은 다름 아닌 이학수였기 때문이다. 가람이 이학수를 처음 본 것은 몇 년 전 서울에서 발견된 한글판 금속활자가 장영실이 관여된 갑인자의 일부인 것을 확인시켜 주고, 그 내용을 설명해 주고는 홀연히 사라진 의문의 인물이었기 때문이다. 그리고 2009년 나로우주센터에서 발사체에 문제가 있어 실패했을 때 문제 해결하는 데 자문을 해 주고 간 사실도 있었다. 가람은 심상치 않은 인물이라 생각하고 그를 취재하다가 남자의 이름이 이학수라는 것만 알아냈을 뿐 다른 정보를 알 수 없었다.

　　학수는 인터뷰 요청을 거절하며 자신의 이름이 알려지는 것을 원치 않는다고 말했다. 그렇게 인터뷰를 거절당하고 기억 속에서 점차 잊히던 차에 그가 눈앞에 나타난 것이다.

"안녕하세요? 선생님. 저번엔 제가 실례가 많았습니다."

"아, 그때 그 기자님이시네요. 그런데 우리가 이렇게 다시 만나는 걸 보면 인연인가 봅니다."

"그렇네요. 정말 반갑습니다."

가람은 좀 흥분된 목소리로 말했다.

"이 험한 암자까지 찾아오시느라 고생하셨습니다."

"아니, 괜찮습니다. 원래 우리 일이 돌아다니는 건데요. 좋은 기사만 있다면 이보다 험한 곳도 환영입니다."

"직업정신이 투철하군요."

학수가 미소 지었다.

"그런데 전부터 궁금한 것이 여러 가지 훌륭한 일을 하시면서 왜 세상에 나서지 않으십니까?"

"허허, 이건 바로 업무 시작입니까?"

"아, 제가 좀 급하게 물었나요? 이건 제 개인으로서 궁금해서요."

학수가 자세를 바꾸며 대답했다.

"그건 내가 다 한 것이 아니고, 난 그저 훌륭한 분들이 해온 것을 조금 보태 전달한 것에 불가합니다. 사람들을 위해 보탬이 되었다면 그것으로 충분합니다."

"선생님같이 능력 있는 분이 좀 더 적극적으로 활동하신다면 세상이 더 밝아질 것 같은데요."

학수는 소리 없이 픽 웃으며 말했다.

"우리는 그냥 그림자처럼 존재합니다. 그렇지만 우리의 지식과 지혜가 언제 필요할지 모르니 평소 학문에 전진하며 기술을 익히고 있을 뿐입니다. 우리의 기술이 세상에 쓰임이 있으면 보람이 있을 테니…."

"우리라고 표현하시는데 다른 분들도 계신다는 뜻인가요? 혹시 의미 있는 단체가 있습니까?"

"사실 세종대왕 이후로 한글을 발전시키고 연구를 해 오며, 국가가 직접 할 수 없는 일들을 비밀리에 행하고 있는 단체는 있습니다."

"그런 단체가 있나요? 혹시 국정원 소속?"

"허허허, 아닙니다."

"그럼 뭐죠?"

"세종대왕 시절부터 우리의 활동은 나라에서 지원과 임무를 부여받아 왔지만, 일제 강점기 이후 우린 국가 어떤 기관에도 소속되어 있지 않은 민간단체입니다."

사실 학수가 속한 단체는 나라와 백성이 힘들 때 힘을 보태되 세상에 나서지는 않고 그렇게 오랜 세월 동안 은둔하며 살아오고 있었다. 그리고 여러 가지 학문과 과학 분야로 수많은 발명품을 만들고 기록하여 국가가 필요로 할 때나 위기에 놓였을 때 팔을 걷고 도왔다.

가람이 갑자기 호기심 어린 눈으로 물었다.

"혹시 가문의 선대에 내가 아는 분이 계실까요? 왠지 훌륭한 분이 계실 것 같아서요."

학수가 피식 웃으며,

"음, 겸손하게 답해야겠지만 오늘은 그러고 싶지 않네요. 우리 선대에는 장영실이라는 분이 계십니다."

"제가 아는 그 위대한 과학자 장영실 말입니까?"

"네, 맞습니다."

"그런데 선생님 성이 이씨 아닌가요?"

"네, 족보상 세종대왕 후손이니까요."

"네?"

"좀 복잡한가요? 제 문서를 보면 그 의문도 풀릴 겁니다."

"네?"

가람은 입을 다물지 못하고 계속 되묻기만 했다.

"제가 전화한 이유가 궁금하셨을 것입니다. 방송을 보셨다면 아시겠지만, 오늘은 참으로 뜻깊은 날입니다."

"아하, 유엔 사무총장이 세계 공용문자에 영어, 프랑스어, 스페인어, 아랍어, 중국어, 러시아어 외에 한글 및 한국어도 포함시킨다고 발표한 것 말이군요."

"네, 뉴스로 도배를 했더군요."

"당연하지 않습니까? 우리나라 입장에서는 굉장히 자랑스러운 일이니까요?"

"그런데 한글의 우수성과 화려한 말들 일색이라 마음이 좀 씁쓸한 면이 있었답니다."

"그게 무슨 뜻인지…."

"우리 곁에 다가오기 위해서 한글이란 문자는 엄청난 비밀을 안고 있답니다.”

“한글에 비밀이 있다고요?”

“그렇습니다. 가슴 아픈 비밀이지요.”

“한글의 비밀이라?”

궁금한 표정으로 가람이 물었다.

“그 비밀은 나중에 책으로 확인해 보세요.”

“아, 네.”

창가에 우아한 자태를 뽐내는 화려한 부용화 꽃에 학수는 한 컵의 물을 정성껏 부었다.

“꽃 한 송이를 피우려면 얼마나 많은 것들이 필요한지 아십니까?”

“갑자기 왜 꽃입니까? 꽃은 저절로 피기도 하고 물만 주면 될 것 같은데요.”

가람이 대답했다.

“풋, 기자님 말도 일리가 있네요.”

“당연한 자연의 섭리가 아닙니까?”

“비옥한 땅, 따뜻한 날씨, 햇빛이 있는 세상에선 그렇겠지요. 그런데 몹시 춥고 메마른 땅에서도 과연 그럴 수 있을까요?”

“전 그 생각을 미처 못 했습니다.”

“많은 사람들이 간과하는 부분이지요.”

“네.”

“성숙한 꽃을 피우기 위해 씨앗은 흙 속 어둠 속에서 긴 시간을 견디고 빛, 바람, 물 뿐만 아니라 더러운 거름도 먹고 자라야 합니다.”

     빛과 그림자

긴 한숨을 쉬다가 말을 이었다.

"무슨 일이든지 다 그렇듯 성숙한 문화가 꽃피우려면 그만큼의 노력과 희생이 따르지요. 또한 그곳이 그만큼의 노력과 희생을 요구하는 세상이란 말이 됩니다."

"저 한글이 완성될 때도 그런 것들이 요구되어졌을까요?"

"한글 또한 단순히 화려하게 이 세상에 등장한 게 아닙니다. 아니 그 어떤 문화보다 처절하고 치열하게 탄생했지요."

"?"

순간 학수의 얼굴에 슬픔을 머금은 그림자가 지나갔다.

"세종대왕이 글자를 만들 때 그 길은 결코 평탄치 못했습니다. 당대의 권력과 기득권을 가진 사대부들은 한글 창제를 거세게 반대했었습니다. 그들은 이미 한자를 독점하여 지배하고 있었고 새 글자가 만들어진다는 것은 지식의 문을 백성에게 열어주는 일이었죠. 그 문이 열리면 기득권의 성은 무너질 수밖에 없는 상황이었습니다. 그러니 그 문을 쉽게 열어줄 수 있었겠습니까?"

"기득권을 포기하기 싫었겠네요. 그래도 우리가 한글을 쓰고 있는 걸 보니 한글이 그 문을 열고 말았네요."

"그 과정이 참으로 길고 힘들었지요. 두 천재의 10년이 넘는 시간과 피땀으로 범벅된 결과물이자, 사람이 할 수 있는 최고의 아름답고 숭고한 희생이 있었답니다."

"왠지 한글 문자 제작과정에 계셨거나 다 알고 계신 것처럼 들립니다."

가람이 의아한 듯 이학수를 빤히 바라보며 말했다.

"그럴지도…. 보이는 것이 다가 아니니까요."

학수는 잠깐 미소를 짓더니 정색을 하며 말했다.

"그게 무슨 말씀입니까?"

가람이 깜짝 놀라며 물었다.

"한글 창제의 비밀을 알게 되면 한글 앞에서 우리는 훨씬 더 겸허해질 겁니다. 이런 역사적이고 중요한 사건을 다루는데 사람들이 제대로 된 정보를 알아야 할 것 같아 이렇게 불렀습니다. 한글 창제에 참여하신 분들이 이 문자를 만들기 위해 얼마나 노력했는지 그리고 뭘 희생했는지도요."

"네?"

"또한, 가치를 알려 주고 한글을 고맙고 소중하게 사용했으면 하는 바람으로 이 책들을 세상에 공개합니다. 그리고 여전히 저와 단체의 비밀은 지켜주셨으면 합니다."

학수는 책장에서 낡은 책 몇 권을 꺼내어 가람에게 건넸다.

"그럼 이 기록들이 한글의 비밀이란 말이군요."

"그런가 보군요. 이 책들은 한글을 만든 세종대왕과 그를 도운 사람들의 이야기입니다."

이렇게 말을 끝낸 학수는 등을 돌려 책장에서 책을 정리했다. 벽면을 꽉 채운 책장에 수많은 고서로, 훈민정음에 관한 책, 과학 서적이 빼곡하게 차 있었다. 학수가 건넨 책의 겉표지에는 낡은 글씨체가 눈에 들어왔다. 그리고 그중 하나에 '장영실 일기'라고 적혀 있었다. 한

글과 별로 관련 없어 보이는 인물이었다.

"어, 장영실?"

그는 호기심으로 '장영실 일기'라고 적혀 있는 책을 한 장 넘겼다.

동래현의 꼬마 발명왕

조선 태종 시절, 동래현 어느 마을.

해가 뉘엿뉘엿 넘어가고 있었지만, 아이들은 집에 갈 생각이 없었다. 신나게 굴렁쇠를 굴리고 있었다.

"영실아, 이 굴렁쇠 네가 만들었어?"

"응. 이 굴렁쇠는 돌부리가 앞에 있어도 고리가 있어 잘 안 넘어진다. 잘 봐."

영실은 굴렁쇠를 돌이 있는 곳으로 굴렸다.

돌부리에 굴렁쇠가 흔들하더니 다시 바로 서서 굴러갔다.

"와아!"

"어떻게 한 거야?"

"굴렁쇠에 달려있던 고리에 채를 걸어두었기 때문에 내가 채로 세우면 굴렁쇠도 넘어지지 않고 서지."

"야, 대단하다."

아이들은 연실 감탄하며 손뼉을 쳤다. 영실은 기분 좋게 웃으며 말했다.

빛과 그림자

"영실이는 우리 아부지보다 굴렁쇠 더 잘 만드는 것 같아."

인수가 감탄하며 말했다.

"설마? 그럴 리가. 니 아부지가 바빠 대충 만들어서 그렇겠지."

"그런가?"

"이번 겨울에는 설마(雪馬)도 다시 만들어 줄게."

"크크크. 설마가 그 설마야?"

"그래, 설마가 설마다."

"크크크."

아이들은 말장난으로 한바탕 웃었다.

"진짜로 전에 내가 만든 설마는 너무 투박해서 앞으로 잘 안 나가."

"인마, 그래서 내가 만들어 준다니까."

"알았어. 고맙다."

"내가 재미있어서 하는 거야."

영실은 머쓱한 듯 어깨를 올리며 손에 든 굴렁쇠를 옆에 있던 인수에게 보여주며 내밀었다.

"난 새로 하나 만들면 되니까 이건 내일 니 줄게."

"우와, 덕이에게 자랑해야겠다."

"덕이는 언제나 진귀한 물건들이 많더라."

영실이 부러운 투로 말했다.

"신기한 건 맞는데 별로 재미있는 게 없어. 니가 만든 것들이 훨씬 쓸모 있고 재미있어."

"치이— 뭘."

영실은 괜시리 기분이 좋아 웃었다.

고작 열서너 살 조금 넘었을 법한 아이한테 친구들이 형같이 따르는 모습이 인상적이었다.

해가 산 너머로 넘어갈 무렵, 집집마다 굴뚝에서 연기가 모락모락 올라오고 있었다. 멀리서 아이들을 부르는 소리가 들리기 시작했다.

"인수야! 밥 묵자."

"네, 영실아, 내일 보자."

"응, 그래."

인수가 총총걸음으로 집으로 갔다.

잠시 후,

"장쇠야! 저녁때다. 어서 온나."

"네, 알았어요."

그 후 몇 명의 아이가 더 불려갔다.

아무도 부르지 않을 것을 알면서도 영실은 다음은 자신의 이름이 불려질지 모른다는 생각에 마지막까지 기다리고 있었다. 혼자 굴렁쇠를 이리저리 굴려보다가 땅거미가 질 때쯤이 되어서야 일어서서 골목길을 둘러보았다. 오늘도 아무도 자기의 이름을 불러주지 않음을 확인하고 터벅터벅 집을 향했다. 언제나 영실은 마지막으로 집으로 갔다. 이런 쓸쓸함을 느끼기 싫어서 그냥 다른 아이들 이름 부르기가 끝내기 전에 집에 갈까 생각이 들었지만 언제나 끝까지 남았다.

왜냐하면 언젠가는 어머니가 자기 이름을 불러 줄지 모르니….

사실, 그런 적이 딱 한 번 있었다. 어머니가 아파서 일을 할 수 없을 때였다. 어머니의 아파 보이는 얼굴로 '영실아, 밥 먹자.' 그 한마디에 세상을 모두 가진 것처럼 가슴이 벅찼다. 그래서 그는 언제나 마지막까지 기다리다가 자신의 이름이 불리지 않음을 확인하고야 집으로 돌아왔다. 그 실오라기 같은 기대가 언제나 영실을 힘들게 했다.

집으로 돌아왔지만 따뜻한 밥도, 반겨주는 어머니도 없었다. 우물가에서 물 한잔을 마시고 마루에 드러누워 버렸다.

너무 무섭고 외로울 때는 현실과 조금 다른 곳을 향해 질문을 던진다.

'분명 나를 이 세상에 보낸 누군가가 있을 것 같아.

부처님?

하늘님?

하늘에서 세상을 지휘하는 어떤 분?

하늘에 계시니 하늘님이라고 부를까?

어쨌든 그 분은 왜 나를 이 집에 태어나게 했을까?

그냥 덕이처럼 부잣집에 태어나게 하지.

내가 하늘나라에서 나쁜 짓을 해서 이런 가난한 집에 태어났을까?

나를 시험하기 위해서인가?

이런 힘든 일을 잘 견디면 내가 극락에 올라갈 수 있을까?

날 매일 지켜보다가 나쁜 짓 하면 지옥으로 보낼지 몰라.

나를 지켜보기 위해 어머니도 친구들도 같이 세상에 보냈나?'

이 같은 존재 이유와 어린아이다운 본인 중심의 세계관으로 상상의 나래를 펼쳤다. 질문의 대답은 언제나 또 다른 질문이었다.

영실은 확실히 보통 아이와는 남다른 구석이 있었다. 영실도 알고 있었다. 이런 이야기를 친구들이나 다른 사람들에게 한다면 이상한 아이 취급을 받는다는 사실을….

그래서 어머니에게조차도 이런 생각에 대해 이야기를 해 본 적이 없었다.

이런 비현실적인 생각으로 시작했지만 결국 현실 속으로 다시 돌아와서 또 다른 생각으로 꼬리를 물었다.

그러지 않으면 갑자기 무서움과 외로움이 동시에 찾아오기 때문이다.

'왜 난 아버지가 없을까?

나의 아버지는 어떤 사람일까?

만약 아버지와 같이 산다면 함께 뭘 해 볼까?

어떻게 하면 어머니가 늦게까지 일을 안 하게 할 수 있을까?'

한참 상상의 나래를 펼치고 있을 때 갑자기 주인 없는 강아지 한 마리가 마당으로 들어왔다. 몇 달 전부터 가끔 찾아와 밥을 얻어먹고 가곤 했다. 그것도 당연하다는 듯 먹고 간다. 좀 건방지긴 하지만 비굴한 것보다 낫다고 생각이 들었다. 처음에는 귀찮아 모른 척했다. 그런데 자신의 처지와 비슷한 것 같아 자꾸 시선이 갔다. 그럴 때마다 영실은 자기의 밥을 조금 덜어서 나누어 주며 머리를 어루만져주었다.

"너도 부모님이 없구나. 난 어머니는 있는데…. 바빠서 지금은 없지만…."

그리고는 부엌에서 보리밥을 가져와 나눠 먹었다.

"너도 나를 지켜보려고 하늘님이 보낸 거야?"

그리고 한참 동안 하늘신 이야기, 별나라 이야기, 달나라 이야기, 태양 이야기를 영실 자신 중심으로 재구성해 강아지에게 들려주었다. 그리고 강아지에게 이름도 지어 주었다.

"넌 이제부터 복실이야. 넌 나에게 복을 가져다주는 강아지가 되어야 한다."

복실이가 연실 개소리를 냈다.

"멍멍멍."

"넌 내가 한 말을 그냥 들어 주니 너무 좋아. 소문도 안 내고 흉도 보지 않고 비난하지도 않고 내 눈을 보고 들어 주니 정말 고마워."

친구들에게나 어른들에게 의젓하게 보이려고 노력하느라 아직 어린 마음을 내색하지 못한 수많은 생각고 말들을 그렇게 쏟아내었다.

그 외 여러 가지 생각을 이야기하다가 어머니가 오는 것도 못 보고 잠이 들었다.

영실의 어머니는 일을 마친 후 돌아와 피곤에 지쳐 영실을 제대로 보살피기 힘들었다. 어떤 때는 새벽에 오기도 하고 아예 오지 않는 날도 있었다. 어릴 적에는 그런 어머니한테 떼를 쓰고 원망도 해 봤다. 그래서 아이들과 많이 싸우는 미운 행동을 하기도 했다.

어느 날 골목길에서 아이들은 구슬치기를 하고 있었다. 양반들이 가지고 노는 귀한 유리구슬이나 사기구슬이 아닌 기왓장을 갈거나 돌멩이를 갈아서 둥글게 만들어서 구슬을 만들었다.

"니 구슬은 빛나서 유리구슬 같아."

인수는 부러운 듯 영실의 구슬을 어루만졌다.

“손바닥 한가운데 두고 디딤돌에 빙글빙글 돌리면서 거친 부분을 마무리하면 좀 더 둥글고 부드러워지더라.”

“정말? 그건 나도 할 수 있겠다.”

“오늘도 구슬은 내가 다 따고 말 테다.”

영실이 싱글벙글 웃으면서 말하자,

“야, 맨날 너만 다 따냐?”

인수가 볼멘소리로 말했다.

“그래도 내가 다른 애들 몰래 니한테 주잖아.”

“그건 맞아.”

인수가 피식 웃었다.

“그런데 왜 구슬치기를 하면 난 꼴찌일까?”

“방법을 조금 가르쳐 줄게.”

“넌 어떻게 그렇게 잘해?”

“우선 구슬의 어느 부분을 때려야 내가 원하는 곳으로 가는지 생각하고 치는 거야. 그리고 손에 힘을 조절하는 거지. 어떤 구슬을 때려보면 어느 정도의 힘으로 치면 여기까지 가겠구나 하는 느낌이 오거든.”

“야? 넌 놀면서도 머리를 쓰냐?”

“마지막으로 내 구슬을 맞은 구슬이 또 다른 구슬을 어떻게 건드리는지까지 생각이 떠오르는데 이기고 싶은 욕심이 생기지 않겠냐?”

“넌 분명히 어른인 채로 몸만 아이로 태어난 괴물이 틀림없어.”

“뭐라구?”

“야, 너희들 거기서 뭘 꾸물거려? 빨리 시작하자구.”

빛과 그림자

멀찍이 있던 아이들이 손짓을 했다.

"가자, 애들이 기다린다."

"알았어."

아이들은 저마다 구슬을 꺼내어 바닥에 놓았다. 그리고 구슬을 점검했다.

"장쇠 니 구슬은 너무 거칠어서 못 끼워 주겠다."

덕이가 말했다.

"나도 하고 싶다구. 이번에만 좀 봐주라."

"안 돼. 저번에도 그랬잖아."

"내가 오늘 구슬을 많이 가져왔어. 장쇠야, 조금만 빌려줄게."

영실이가 나섰다.

"영실이 구슬이라면 질이 좋으니까 그러지 뭐."

덕이가 퉁명스럽게 말했다. 그렇게 구슬치기는 시작되었다. 모두들 자기가 이기겠다는 기대를 가지고 놀이에 임하고 있었다. 마침내 영실이 차례가 되었다. 아이들은 구슬치기에 빠져 제법 심각하게 자기 차례를 기다리며 영실이가 구슬을 치는 것을 바라보고 있었다. 그가 구슬을 잘못하기를 기대하면서도 치는 모습을 자세히 보고 싶기도 했다.

"와."

"대단하다."

"잘한다."

"또 영실이가 이겼다."

아이들의 감탄과 부러움이 가득한 소리를 냈다.

“다음 판은 내가 이기고 말 테다.”

역시 아이답게 다음 구슬치기를 이어 갔다.

그러나 영실이는 차근차근 구슬을 따가고 있었다. 결국 영실에게 져서 구슬을 다 잃은 아이들이 하나 둘 집으로 돌아갔다. 마지막으로 제일 많은 구슬을 가지고 왔던 덕이가 구슬을 다 잃자,

“야, 빌려줘. 그리고 다시 하자.”

화를 내며 말했다.

“싫어, 나도 집에 갈 거야.”

덕이의 말투가 싫어서 영실은 거절했다.

“치, 집에 가면 아무도 없잖아. 구슬치기 더 하자.”

“싫다고, 특히 니 같은 새끼랑은 더 안 해.”

영실이 집으로 몸을 돌리자 덕이는 그의 목덜미를 잡고,

“어딜 가려고? 내 구슬 다 따고. 이 호로새끼야.”

“뭐라고?”

“우리 어머니가 너 같은 애비 없는 새끼는 호로새끼라고 같이 놀지 말라고 했는데 놀아 줬더니.”

영실의 눈빛이 달라졌다. 그리고 그대로 그의 주먹이 덕이의 얼굴을 향해 날아갔다.

“뭐라고? 다시 말해 봐. 이 새끼야.”

그래도 화가 풀리지 않아 또 한 번 주먹을 날렸다.

“아악.”

덕이는 바로 뒤로 넘어지고 말았다. 영실은 발밑에서 뒹굴고 있는

덕이를 내려다보며 말했다.

"이 빙신 같은 새끼야! 필요하면 찌질하게 굴지 말고 당당하게 부탁하는 거야."

덕이는 코피를 닦으며 씩씩거렸다.

"우리 아버지한테 일러서 너 가만히 두지 않을 거야. 이 호로새끼야."

"니 마음대로 해 이 등신아. 니 같은 빙신서끼 아버지 하나도 겁나지 않거든."

덕이는 울면서 자기 집으로 갔다.

영실은 그래도 분이 풀리지 않은 듯 바닥어 떨어진 구슬을 사정없이 발로 찼다. 그날 밤 영실은 덕이에게 큰 소리 쳤지만 '혹시 덕이 어머니가 어머니께 와서 따지고 괴롭히면 어떡하지' 하는 걱정, '정말로 덕이 아버지가 혼내러 오지 않을까' 하는 걱정으로 잠을 이루지 못했다.

다음 날 아침, 영실이 집 앞이 시끌시끌했다. 덕이 어머니가 영실의 도 넘은 폭력에 자기의 아들이 많이 다쳤다고 영실의 어머니에게 난리를 치고 있었다.

"영실 어멈, 영실이 단속 좀 안 하나? 도대체 어떻게 키우기에 애가 저렇게 난폭해? 이건 애 싸움이 아니야. 이 상처들 좀 봐."

덕이의 아버지도 영실이 나오라고 소리 지르며 으름장을 놓았다.

"영실이 이놈 안 나와? 이런 놈은 포도청에 끌고 가서 혼쭐을 내 줘야겠어."

"죄송합니다. 덕이 어머니 제가 잘 타일러 다시는 이런 일이 없도록 하겠습니다."

그녀는 연신 잘못했다고 영실 대신 사죄를 했다.

"이놈이 아비가 없어서 아무렇게나 나대지. 호로새끼마냥. 한 번만 더 그러면 포도청에 끌려가기 전에 내 손에 맞아 죽을 줄 알아."

덕이 아버지의 말에 영실 어머니는 정색을 하며,

"제가 혼자서 제대로 보살피지 못했지만, 같이 자식을 키우는 입장에 애비 없는 자식이라니 호로자식이라느니 그런 말씀은 좀 삼가해 주셨으면 합니다."

"흠흠."

화가 난 멧돼지 같이 흥분했던 덕이 아버지가 사리에 맞는 말을 듣고 화를 못 참고 할 말을 찾고 있었다.

"잘 보살피지 못한 저를 탓하시고 아직 어려 세상 물정을 몰라 그런 것이니 용서해 주십시오."

"그럼 영실이 나와서 덕이에게 잘못했다고 싹싹 빌라고해."

그 사이 동네 사람들이 모여 들었다.

"영실아, 나와서 잘못했다고 빌어. 얼른."

영실 모가 방안을 향해 소리쳤다.

"싫어요. 그 새끼가 나한테 먼저 목덜미 잡고 욕했단 말이야."

덕이의 부모도 덕이가 싸움을 먼저 걸었단 사실을 알고 조금 당황한 것 같았다.

"죄송합니다. 얘가 워낙 고집이 세서 제가 어쩔 방법이 없네요."

"어린 것이 왜 저렇게 독종인 게야?"

"한 번만 더 그래 봐라. 그 손모가지 가만 안 둘 테니."

빛과 그림자

그리고는 덕이의 손을 잡고 밖으로 나갔다.

"제가 다시는 이런 일이 일어나지 않게 잘 타이르겠습니다."

영실 모는 연신 고개를 숙였다.

영실은 방안에서 이불을 둘러쓰고 눈물을 삼키고 있었다.

그 후로도 영실의 행동은 바뀌지 않았다. 아버지가 없으니 '나'라도 힘을 키워 다른 사람들에게 절대 지지 않으리라는 오기였는지, 저렇게 지아비 없이 혼자서 세상 풍파를 막아내며 자식을 지키려 애쓰는 어머니가 안쓰러워 이 집안의 제대로 된 가장이 되어야겠다는 다짐인지는 알 수 없었다.

아직 어린 나이였지만 남과는 조금 다른 생각으로 조금 빨리 철이 들어 버린 아이였다.

새로운 만남

"영실아, 어제 했던 전쟁놀이 할까?"

"그래, 어제 정말 재미있었지?"

"당연하지, 어제 우리가 이겼잖아."

인수와 영실은 전쟁놀이 생각으로 신이나 있었다.

"영실이 니가 우리 편이면 또 이기겠지? 난 무조건 니 편에 붙을 거야. 가자!"

인수가 활짝 웃으며 말했다.

"그래. 이번에는 어떻게 이겨 볼까? 크크크."

"우리에겐 너의 뛰어난 전술이 있으니까. 하하하."

인수가 까불며 막대기를 마구 휘두르며 장난을 쳤다.

영실이도 막대기 칼을 높이 들고 소리를 질렀다.

"야! 다 덤벼."

그런데 평소 모이는 장소에 아무도 없었다.

"그런데 애들이 오늘 좀 늦네."

"조금 기다려 보자."

그때였다.

"이놈 봐라. 기생 아들 주제에 대장을 한다고 까분다며? 이 새끼 주제를 좀 알게 해 주자."

이때 영실보다 나이가 몇 살 많은 사내아이가 다가와 말했다. 멀찍이 서 있는 무리 중 한 사람은 덕이 형이었다. 저번 구슬치기 이후로 벼르고 있었던 것 같았다. 사내아이는 험악한 인상으로 쳐다보며 영실에게 주먹을 휘둘렀다. 영실은 날아오는 주먹을 재빨리 피하며 사내아이의 발을 걸어 냅다 꽂았다. 그것을 본 사내아이 무리는 우루루 달려들었다. 제아무리 날렵하고 꾀 많은 영실이지만 몇 살이나 많아 보이는 여러 명을 감당할 수 없었다. 아무 생각 없이 산길을 향해 달렸다.

정신없이 달리다 보니 평소 마음이 갑갑할 때마다 찾곤 하는 빈 초가집 근처였다. 벌레 소리와 소나무 부딪치는 소리를 뒤로하고 화전민이 기거하다 두고 간 낡은 초가집으로 영실은 들어가 몸을 던졌다. 마음이 울적하거나 영실 혼자 쉬고 싶을 때 찾곤 했다. 특히 오늘같이 도망쳐야 할 상황이나 어머니가 일을 하는 동안 여기서 별난 것을 만들거나 상상의 나래를 펼쳤다. 허름해서 하늘이 보이는 천장 아래에 누워 시간을 보내곤 했다.

날이 저물고, 영실은 천장 구멍 사이로 달과 별을 보았다. 워낙 많이 보았던 차라 영실은 이상한 것을 깨달았는데, 계절이 지나면서 별자리의 위치가 조금씩 움직였던 것이다. 그리고 절대로 변하지 않는 별자리도 있다는 것도….

'저 별들은 언제나 제자리에 있지 않고 움직이니 참 좋겠다. 나도 나

중에 어디든지 갈 수 있는 사람이 되어서 멀리 갈 수 있으면 좋겠다.'

그대로 스스르 눈이 감겼다.

시간이 얼마나 흘렀을까, 영실은 인기척을 느끼고 눈을 떴다.

"아버지, 우리 집에 누군가 들어온 것 같아요….."

흐늘흐늘한 형체만 보이는 상황에서 영실은 어리둥절했다. 재빨리 몸을 일으킨 영실은 더듬거리며 손에 잡히는 물건을 아무렇게나 쥐고서 다가오는 사람 형체를 향해 휘둘렀다.

"오라버니 조심해요!"

라는 여자애 소리가 들리는 듯하더니, 영실의 얼굴에 주먹이 날아와 퍽 소리가 났다. 그와 동시에 뒤통수를 몽둥이로 맞은 듯했다. 눈앞에 별이 튀는 느낌과 함께 영실은 그대로 정신을 잃었다.

다음 날 눈을 떠보니 머리는 아팠지만 누군가 정성껏 붕대로 머리를 감싸 준 것을 알았다. 밖에서는 저물려고 하는 마지막 햇빛이 찢어진 방문 사이로 눈부시게 들어오고 있었다. 여자아이의 목소리에 영실은 잠든 척 눈을 감고 말았다.

"오라버니, 저 아이 죽은 거 아닐까? 그럼 어떻게 해?"

"아니야. 아버지가 상처를 꿰매고 지혈을 해서 곧 괜찮아질 거라고 했어."

누이를 달랬지만 조금은 걱정되는 말투였다.

"그래도….."

여자아이는 호기심과 걱정으로 찢어진 방문 사이로 안을 들여다보다가,

빛과 그림자

"아버지, 눈을 떴어요."

그녀가 소리쳤다.

영실은 바깥사람들이 나쁜 사람들이 아니라는 사실을 직감적으로 알았다. 더 이상 잠든 척 숨죽이며 기다릴 필요가 없을 것 같아 눈을 뜬 것이었다. 그러자 자상한 얼굴을 한 사십 중반의 사내가 방으로 달려와,

"애야, 괜찮니? 우린 어두워서 네가 어린애인 줄 몰랐단다. 미안하게 되었구나."

"괜찮아요."

그렇게 말해야 할 것 같아 내뱉었지만 머리가 욱신거렸다.

"정신이 들었다면 상처는 걱정 말아라. 난 네가 정신이 들지 않을까 걱정했구나. 내가 지혈을 하고 상처가 덧나지 않게 약을 발라 뒀으니, 며칠 만 있으면 말끔히 나을 거다."

영실은 벌떡 일어나 앉아 지금 얼마나 시간이 지났냐고 물었다.

"어젯밤부터 오늘 낮까지 누워 있었다."

"어머니께서 걱정할 것 같아요. 가 봐야겠어요."

그런데 일어나자마자 어지러워 다시 앉아 버렸다.

"아직 움직이면 어지러울 수 있단다."

"끙."

"미음이라도 좀 먹고 정신 차려서 가도록 해라."

어쩔 수 없이 다시 앉아 그 사람들을 조용히 살펴보았다. 약초꾼인 듯 의원인 듯한 사내와 영실 또래쯤 되는 사내아이와 그의 누이인 듯

한 여자아이가 자기를 걱정스럽게 쳐다보고 있었다.

"네가 먼저 오라버니를 때리려고 했잖아. 어쩔 수 없이 때릴 수밖에 없었다구."

연이는 걱정스런 눈과 달리 소리치며 오라버니 뒤에서 머리를 내밀며 소리쳤다.

"미안해, 너무 갑자기 일어난 일이라 나도 모르게 너무 세게 쳤나봐. 난 승수 유승수야. '이길 승', '지킬 수'. 나 자신을 이기고 나의 마음을 지키며 살라고 지어 주신 거래. 그리고 이쪽은 내 동생 연이야."

사내아이가 손을 내밀었다.

"난 영실이야. 장영실. 아마 네가 안 때렸다면 내가 널 때렸을 것 같아."

영실은 손을 맞잡으며 피식 웃었다.

모두들 덩달아 웃기 시작했다.

그때 사내가 미음을 들고 들어 왔다.

"모든 상처와 병은 잘 먹고 편안하면 스스로 치료되는 것이 대부분이니 좀 먹도록 해라."

"고맙습니다."

배가 고팠던지라 미음을 허겁지겁 먹고 있는데 사내가 상처를 살뜰히 살피며 물었다.

"난 유열이라는 의원이란다. 넌 이 위험한 산에서 뭘 하고 있었니?"

영실은 상처를 만지는 손길에서 그가 어떤 사람인지 본능적으로 느낄 수 있었다. 아버지가 자신에게 존재했더라면 이런 느낌이 아닐까

빛과 그림자

생각했다. 그에게 자존심을 내세우는 거짓말을 하고 싶지도 않았다.

오히려 이렇게 물어봐 줘서 좋았다. 이유는 알 수 없었다.

"어머니는 아래 동네에 관기로 일을 하고 있습니다. 저는 어머니가 일을 할 때 집에 있기 싫어서 밖에 돌아다니다 여기서 혼자 누워 별도 보고, 달도 보고, 만들고 싶은 것들도 만들기도 하는 그런 곳이에요. 여기는….”

영실이 이번에는 유열을 궁금한 듯 조심스럽게 물었다.

"며칠 전만 해도 아무도 없는 빈 집이었는데?”

"아, 우리는 며칠 전에 약초를 캐러 왔다가 빈 집인 줄 알고 기거 중이란다. 이맘때면 전국을 돌아다니며 약초를 캐러 다니는 데 이 지역에서 나는 약초의 약효가 제일이라 하여 왔다. 우린 필요한 약초만 캐고 떠날 테니 여기서 네가 하던 대로 사용하면 된다.”

그는 방안을 눈으로 둘러보며,

"이 방안에 특이한 물건들이 많이 있어 궁금했는데 저기 저 물건들은 다 무엇이냐?”

"어머니가 옷을 다릴 때 물을 골고루 뿌려 주름이 없게 하는 물건과 친구들이 재미나게 놀 수 있는 놀잇감들과 내가 궁금해서 멀리서도 잘 보이도록 하는 물건과 같은 잡동사니들입니다.”

"오호—”

"저희 어머니께서는 시간이 날 때마다 한 번도 본 적 없는 아버지에 관한 이야기를 들려주시곤 하세요. 아버진 중국과 여러 곳을 돌아다니시며 모은 신기한 물건, 그리고 직접 만든 신기한 물건, 그런 것들을 적은 책들을 어머니한테 주시고 많은 희귀한 세상에 관한 이야기를 해 주셨답니다.”

“네 손재주는 니 애비를 닮았나 보구나.”

“어머니는 어릴 때부터 책을 읽어 주시고 이야기를 해 주시며 신기한 물건들을 가지고 놀아 주셨어요. 제가 자라면서 아쉽게도 어머니랑 많은 시간을 보낼 수 없었지만요. 그 물건들을 보고 있으면 어머니나 친구들이 필요한 것을 어떻게 만들어야 할지가 눈앞에 그려져요. 그리고 그걸 만들 때가 제일 즐거워요. 모두들 만족하는 모습을 보니 내가 이 세상에 필요 없는 사람이 아니라는 생각이 들어서기도 하고….”

“훌륭한 어머니를 뒀구나!”

영실은 눈을 크게 떠 유열을 보았다.

모두들 관기를 무시하지만 않아도 정말 다행이라고 생각을 했는데 훌륭하다 표현하는 유열이 세상 고맙기도 하고 특이했기 때문이다.

그런 영실의 맘을 들여다보듯,

“사람의 신분으로 그 사람의 귀천과 사람 됨됨이를 평가하는 것이 아니란다. 그 사람의 말과 행실이 얼마나 훌륭하고 진실인지가 중요하다.”

“정말 그렇게 생각하십니까?”

영실은 이런 생각을 가지고 이런 말을 하는 사람을 본 적은 없었지만 그랬으면 좋겠다는 생각이 들었다.

“너를 그런 마음을 가지도록 해 준 어머니는 안 봐도 알겠구나.”

“네? 그렇게 말씀해 주시니 고맙습니다.”

　　　　　　　　　　　　　　　　　　　　　

"이제 날이 어두워지고 있구나. 집으로 서둘러 가야겠다. 어머니가 걱정하실 테니 내일 상처를 살펴보게 일찍 오도록 해라."

집으로 돌아온 영실은 산에서 겪은 일을 어머니께 이야기를 했다.

"고마운 분이시구나. 내일 찾아뵙거든 잘 섬기고 가르침을 주시면 명심하여 새겨들어라. 너에겐 귀인이신 것 같구나."

"저도 그렇게 생각해요."

간만에 모자는 마음속 이야기꽃을 피웠다.

모든 생명은 소중하다

　다음 날 영실이 산으로 올라오고 있는데 개 한 마리가 쓰러져 있었다. 다름 아닌 복실이였다. 깜짝 놀란 영실은 복실이의 상태를 살폈다. 다리를 다쳤는지 제대로 걸을 수 없어 영실이 다가가도 버둥거리기만 할 뿐 일어서질 못했다. 누가 돌을 던졌거나 괴롭힌 모양이다. 영실은 가슴이 미어지는 것 같았다. 개를 조심히 안고 유열이 있는 오두막으로 데리고 가서 마루에 눕히며 부탁했다.

　"복실이가 많이 다친 것 같은데 그냥 두면 죽을 것 같아 데려왔습니다. 제발 살려 주세요."

　유열은 복실이를 들여다보다가,

　"이런. 많이 다쳤구나."

　"떠돌이 개지만, 저에게 친구 같고 가족 같은 소중한 아이예요. 제발 살려 주세요."

　한참 개를 어루만지더니 말했다.

　"뒷다리 뼈는 골절이 된 듯하고 숨소리나 눈 상태를 보아하니 내상을 입어 음식을 먹지 못할 듯하구나."

　　　　　　　　　　　　　　　　　　빛과 그림자

"방법이 없겠습니까?"

"최후의 방법을 써야겠는데. 치료를 하는 사람이나, 지켜보는 사람이나, 치료를 받는 당사자 모두 마음의 준비는 해야 될게야."

"네?"

"그냥 지켜보면 알게 된다. 우선 약을 좀 먹여 요놈을 편안하게 해 줘야겠구나."

그리고 창고에서 약사발을 가져와 개에게 먹이자 움직임이 작아지더니 기운이 빠져 눈을 스르르 감았다. 개의 다리를 어루만지듯 살피더니 뭔가를 움직여 맞춘 후 막대기를 덧대어 천으로 다리를 둘둘 말아 감쌌다.

연이에게 불을 지펴 물을 끓이게 하고 승수에게는 칼을 갈아 가져오게 했다.

순간 영실은 깜짝 놀라 눈을 휘둥그레 떴다.

분명 아닌 줄 알았지만 개를 죽이려 하는 게 아닌가 싶었다.

놀란 표정에 아랑곳하지 않고 승수가 칼을 가져오자 배 아래의 털을 칼로 깨끗이 깎아내고, 칼을 다시 씻어 불에 달구고 있었다.

축 늘어진 개를 탁자 위에 올려놓고 배를 가르기 시작했다.

놀라 눈을 감았던 영실이 눈을 떴을 때 그 배 안에 피와 내장이 섞여 있었다. 고여 있는 죽은 피를 뽑아내고 찢어진 내장을 바늘과 실로 꿰매고 갈랐던 배를 다시 꿰매고 있었다. 영실은 그 광경을 지켜보고 경악을 하며 입에서 신음소리를 냈다.

'아….'

‘과연 내가 지금 본 것은 무엇인가?’

‘저 사람은 내가 본 자상하고 현명해 보였던 그 사람이 맞나?’

‘여태까지 그 어떤 의원에게서도 볼 수 없는 저….’

산짐승처럼 피를 뒤집어쓰고 마무리를 하는 유열의 뒷모습을 보며 머리가 어지러웠다. 이를 지켜보는 두 아이는 늘 상 보던 장면인지 아무런 동요도 없었다.

“이제는 내가 할 수 있는 조치는 다 했으니 나머지는 제 의지와 운명에 맡겨야지.”

긴장했는지 긴 한숨을 쉬며 얼굴과 손에 묻은 피를 씻었다.

그 어떤 행동도 말도 할 수 없었다. 숨죽이며 기다릴 수밖에.

한참을 지나 해가 중천에 떠올랐을 때 개가 눈을 뜨며 일어나려 조금씩 움직이기 시작했다.

아직 일어날 수는 없었지만 숨소리는 처음 안고 왔을 때보다 안정된 것을 느낄 수 있었다.

“정신을 차린 걸 보니 먹기만 하면 수일 내에 나을 수 있을게야.”

“어떻게 이럴 수 있습니까? 지금까지 이런 처치를 본 적이 없습니다.”

“놀랐느냐?”

“….”

“모든 병은 마음과 몸에 난 상처 때문에 생기지. 마음의 병은 자신의 마음을 다스리거나 약을 먹고 나을 수 있다. 그러나 몸에 난 상처는 약을 먹거나 그 상처와 그로 인해 생긴 염증을 없애주어야만 나을 수 있다. 즉, 직접 몸에 손이나 칼로 제거해 주어야 한다는 것이지.”

"사람도 이런 방법으로 치유할 수 있습니까?"

"사람도 같은 생물체이기에 그런 방법으로 병을 치유해야 되지만 나라에서 일부 치료를 허용하지 않고 있으니 안타까운 일이다."

유열은 묻는 이에게 하는 말인지 혼자 탄식하는 말인지 말을 흐렸다.

"방법은 충격적이지만 이 녀석이 걸을 수 있다면 얼마나 다행입니까?"

그는 유열의 생각에 조금이나마 힘을 실어 주고 싶었다.

"그렇게 생각해 주니 고맙구나."

"요놈이 다 나을 때까지 어르신이 캐는 약초도 캐고 이놈을 돌보는 데 힘을 보태겠습니다."

"그렇게 해라. 너같이 손재주 좋은 놈이면 도움이 되겠구나."

"다들 저를 보고 관기의 자식이라 무시합니다. 그래서 저는 무시 안 당하려고 뭐든지 열심히 하는 편입니다."

"허허허, 그놈 가슴에 칼을 품고 사는구나. 그 칼을 잘 사용하면 유용하게 쓸 수 있을 거다. 내 너를 위해 약초 이름과 쓰임을 가르쳐 주마."

"네, 정말입니까? 어머니께서 몸이 약해 의원을 자주 찾곤 하시는데 제가 해 드릴 수 있다면 다행이지 않습니까?"

"고놈 효심도…."

그 후로 영실은 시간이 날 때마다 산으로 올라와 승수, 연이와 더불어 온산을 헤매며 약초를 캐러 다녔다. 그리고 영실은 이들과 어울리며 자기가 살고 있던 세상과 또 다른 세계가 있음을 느꼈다. 주변 인물들과 달리 이들은 또 다른 관점으로 세상을 보고 있음에 영실은 많이 놀랐다.

　영실 또한 이들과 내면이 많이 닮은 사고를 가지고 있었지만, 구체적으로 말과 행동으로 표현하는 방법을 알지 못했고 과연 그러한 것이 이 현실에서 가능한 것들인지도 생각을 해 본 적이 없었다. 그런데 이 아이들과 유열의 이야기를 듣다 보면 꽉 막힌 가슴이 뻥 뚫리는 것 같았다. 그들의 이야기 속에 나오는 온갖 것들이 상상의 나래를 펼 수 있었고 세상을 바라보는 관점이 개방적이고 수용적이었다. 아이들과 유열의 이야기를 나눌 때는 영실의 눈은 반짝일 수밖에 없었다. 아이들도 하고 싶은 것을 직접 만들 수 없었는데 생각한 것을 말하면 뚝딱뚝딱 만들어 주는 영실을 부러워했다. 영실은 그들에게 산에 다닐 때 들고 다니는 물통을 만들어 주었다.

　"야, 이건 물통에 뚜껑이 붙어 있네."

　승수가 기분 좋게 소리쳤다.

　"오라버니, 뚜껑에 잔으로 쓸 수 있게 손잡이도 있어. 영실 오라비는 정말 천재인가 봐."

　"너희들이 큰 물통을 들고 마시기 불편할까 해서…."

　"고마워. 영실 오라버니."

　"웬일이니? 우리 집 새침데기가 감사 인사도 다하다니…."

　승수가 놀려댔다.

　"치이— 오라버니랑 말 안 할 거야."

　그리고는 종종걸음으로 사라졌다. 둘은 그 모습이 귀여워 웃고 말았다. 가끔 장난으로 승수와 영실은 연이를 놀리곤 했다.

　　　　　　　　　　　　　　　　　　　　　　빛과 그림자

어쩐 일인지 연이는 똑같은 장난을 쳐도 또 당하곤 했다.

어느 날 승수와 영실이 소리쳤다.

"연이야 뒤에 멧돼지가 니 바로 뒤에 달려오고 있어."

"까악, 엄마야!"

연이는 깜짝 놀라 비명을 지르며 뒤도 안 보고 도망을 쳤다.

"깔깔깔."

한참을 도망치는데 어디선가 웃음소리가 들렸다. 연이는 자기가 당했다는 분노와 놀람이 뒤섞여 소리 내어 엉엉 울었다.

다음 날 똑같이 거짓말하고 승수와 영실이 도망가는 시늉을 하니 또 당했다. 뒤늦게 사실을 알아차린 연이는 화가 나서 달려들어 두 사람을 사정없이 때렸다. 유열은 그 모습을 보며 껄껄 웃으며 토라진 연이를 달래주었다. 영실은 그렇게 배꼽을 잡고 웃은 적이 없었다. 걱정 하나 없이 행복한 웃음이었다. 그 무엇과도 바꾸고 싶지 않은….

그날도 영실과 아이들은 도라지를 캐고 있었다. 절벽에 있는 돌 틈 사이로 도라지꽃들이 흔들리며 피어 있었다. 승수가 겨우 보라색 도라지를 파고 나서 말했다.

"백도라지는 너무 깊이 묻혀서 못 파겠다."

"난 도라지꽃이 제일 좋아. 그리고 보라색은 흰색이랑 같이 있어야 예쁜데…. 백도라지도 캐 주면 안 돼?"

"너무 위험해. 오늘은 그냥 가자."

승수가 연이를 달랬다.

"알았어."

연이가 시무룩해서 말했다.

"앞이 뾰족하고 손에 미끄러지지 않는 기구가 있었으면 캘 수 있었을 텐데….."

연이는 아쉬운 듯 한마디 더 붙였다.

"내가 뿌리가 깊은 도라지를 캐기 쉽게 기구를 만들어 백도라지도 캐 줄게. 오후에 캐러 오자."

"정말?"

연이는 좋아서 얼굴이 상기되었는지 해가 뜨거웠는지 복숭아처럼 빨갛게 익었다.

영실도 그런 연이를 바라보고 환히 웃었다.

오후에 산에 가기 전에 뿌리가 깊은 약초를 잘 캘 수 있는 기구를 영실이 만들고 아이들은 신기한 듯 그것을 구경하고 있었다.

"영실 오라버니는 정말 뭐든지 만들 수 있는 멋진 손을 가지고 있구나."

"손은 평범해. 자— 봐."

영실이 나이에 비해 험한 손을 내밀었다.

"그런데 우리 오빠보다는 흉터가 많네. 상처 났을 때 많이 아팠겠다."

연이는 영실의 내민 손을 만지며, 이리저리 살펴보더니 흉터 부분을 살짝 어루만져 주었다. 영실은 그 따뜻함이 싫지 않아 손을 그대로 둔 채, 쑥스러워 말을 돌렸다.

"그 물건이 왜 필요한지를 네가 정확히 설명해 주니까 만들기가 쉬웠어."

영실이 말했다.

"난 내가 원하는 물건을 말만 했는데….'

"아니야. 다른 사람들은 막연히 뭔가 필요하다고만 말하거든. 그런데 넌 가장자리가 뾰족하고 손잡이는 손에서 잘 빠지지 않게 해 줬으면 좋겠다고 자세히 말해 줬잖아. 내가 머릿속으로 그림을 쉽게 그릴 수 있게 설명했어."

"응?"

"그럼 난 내 머릿속에 그려진 물건을 만들기만 하면 되거든."

연이가 손을 들고 감탄하며 말했다.

"와! 설명만 정확히 하면 머리에 그림이 그려진다고?"

"응, 좀 복잡한 것은 그림을 그리는데 시간이 많이 걸리는 것도 있어."

승수도 놀라운 듯 되물었다.

"네 머릿속에 그려진 그림을 그대로 폭같이 물건을 다 만들 수 있단 말이지?"

"웬만한 건 그렇지. 자세히 설명해 주면 더 좋구."

연이는 감탄을 연발했다.

"상상도 잘해야 하고 그림도 잘 그려야 하고 만들기도 잘해야 좋은 물건을 만들 수 있구나."

"그런데 가끔은 상상한 그림대로 만들었는데 실제로 작동이 잘 안 되는 경우도 있어. 그런 경우는 내가 그린 그림에 문제가 있을 때야."

"그럼 그땐 어떻게 해?"

"그럼 머릿속으로 다시 문제점을 찾아서 그림을 그려야 돼."

“넌 아버지 말대로 좀 별난 재주가 있나 보다. 아버지가 너보고 비범한 재주를 가지고 있다고 하셨거든.”

옆에서 승수가 신기한 듯 말을 했다.

“재주가 나만 있겠어? 다들 나와 다른 재주를 가지고 있겠지.”

“그래. 맞아. 그런데 영실 오라버니처럼 특별한 재주는 보기 힘들걸.”

연이가 보탰다.

“네가 그렇게 칭찬해 주니 내가 정말 그런 사람 같아. 좀 더 열심히 해야겠다.”

이야기를 듣고 있는 승수가 조용히 말했다.

“너랑 이렇게 시간을 보내니 참 좋다. 나는 아버지랑 누이랑 떠돌아다녀서 맘 편히 지낼 친구가 없었거든. 넌 만난 지 얼마 되지 않았지만 마음이 통해서 참 좋았다.”

“나도 여기 오래된 친구들이 있지만, 왠지 마음속 이야기를 이렇게 편하게 나눌 수 없었어. 내가 앞으로 하고 싶은 꿈이나, 궁금한 세상 얘기를 하면 나를 이상하게 볼 것 같아 한 번도 진지하게 이야기를 해 본 적이 없어.”

“계속 같이 지낼 수만 있다면 좋은 친구로 지낼 수 있을 것 같은데….”

“나도 같은 생각을 했어.”

“아쉽지만 우린 내일 떠나야 한다고 했어.”

“뭐, 내일?”

승수가 아쉬운 듯 대답했다.

“응.”

　　　　　　　　　　　　　빛과 그림자

연이는 영실을 슬쩍 쳐다보며 중얼거리듯 말을 뱉었다.

"그전에는 그냥 훌쩍 떠나곤 했는데 여긴 좀 떠나기 싫어."

영실은 그 시선을 느꼈지만 모른 척 먼 산을 쳐다보았다. 그때 유열이 멀리서 걸어오고 있었다. 영실은 그들을 번갈아 보며 생각에 잠겼다.

'이 오두막에 와도 이제는 아무도 반겨 주지 않겠구나.'

하는 생각이 들었다.

그런 영실의 마음을 헤아린 듯 유열이 그의 생각을 끊었다.

"오늘이 마지막이 되겠구나."

"내일 떠나신다고요?"

"그래, 필요한 약초를 다 캤으니 환자들을 돌보러 가야지."

"조금 더 배우고 싶었는데 떠나신다니…."

"허허허. 벌써 한 달이 다 됐구나. 게으르게 놀아야 되겠느냐? 대충 필요한 약초도 이만하면 다 캔 것 같구나."

"그동안 보살펴 주시고 가르쳐 주셔서 정말 감사합니다."

"인석아, 보살핌은 없었고, 네가 여러 쓸모 있는 것들을 만들어 줘서 오히려 도움이 되었다. 그리고 네가 많이 배운 것은 내가 잘 가르쳐 준 게 아니라 네가 눈썰미가 좋아 금방 배운 것이니라."

"어르신이 가르쳐 주신 의술과 약초의 쓰임을 유용하게 쓰도록 하겠습니다. 제가 살아오면서 제일 많이 제게 가르침을 주신 분이십니다. 마음속의 스승님으로 모셔도 되겠습니까?"

"허허, 그건 네 마음이니 알아서 하거라. 난 어리고 똑똑한 제자가 생겨서 좋구나. 내가 한 달 동안 눈여겨보니 너는 손재주만 뛰어난 줄 알았더니 눈썰미가 뛰어나 한 번 본 건 잊지 않고 그대로 재현하는 영특함도 있더구나.”

“그냥 주의 깊게 보려고 노력했습니다.”

“약초 쓰임뿐만 아니라 일반적인 의료처치도 곧잘 익히더구나. 너는 내가 아는 어떤 이보다 빨리 정확히 터득하였느니라. 하늘이 너에게 재능을 몰아 준 것은 다 이유가 있을게야. 하늘이 주신 재주는 다 네 것만이 아니니, 이를 썩히거나 게을리하지 말아라. 세상에 너의 재주를 필요로 하는 사람들을 위해 쓰도록 해라.”

“네, 그 말씀 가슴속에 깊이 새기겠습니다.”

“그리고 생명에는 다 귀함이 있다. 생명은 짐승조차 귀함을 가지는데 하물며 사람에게 있어서는 비할 수 없다. 혹시 의원이 되걸랑 그 귀함을 잊지 말고 양반이나 천민이나 병자라는 사실 외에 또 다른 변명이나 차별은 존재해서는 안 된다.”

“어르신께서 개를 치료하는 모습을 보고 깨달음 바가 있습니다.”

“너의 사람됨과 우직함을 못 믿는 건 아니지만 사람이 자기의 소신을 가지고 살아가는 것이 얼마나 힘든지를 알기에 이렇게 당부하는 것이니라. 그것을 지키려면 수많은 역경을 마주치게 될 수도 어쩌면 목숨을 걸어야 할 수도 있다.”

“네?”

“지금은 미리 겁먹을 필요는 없다. 세상일은 어떤 모습으로 다가올지 모르니 닥쳤을 때 고민하면 된다.”

“그리고 시간 날 때마다 이 책들을 익혀 보도록 해라. 생활에 필요한 의술을 공부하는 데 도움이 될 거다.”

“아니, 이 귀한 책들을 만난 지 얼마 되지 않은 저에게 어찌 주십니까?”

“이 책들도 다 주인을 찾아가는 법이다. 너는 내가 아는 사람 중에 특별한 기술을 제대로 익힐 줄 알고 활용할 수 있는 유일한 사람으로 보이는구나.”

“어찌 그런 말씀을….”

“모든 뛰어난 기술을 배우고 활용하는 데는 손재주뿐만 아니라 사물과 세상의 이치를 볼 줄 아는 눈을 가져야 하며 그 기술의 부작용을 유추할 수 있는 명석함과 판단력도 가지고 있어야 한다.”

“제가 그런 부분을 갖추었다 생각하십니까?”

“너의 재주면 충분하다. 그러나 그것보다 더 중요한 것은 끝없는 열정과 하고자 하는 욕구는 그 누구도 말릴 수 없다. 그 미친 열정과 의욕을 너에게서 확인했느니라.”

“네?”

“그래서 너다.”

“하아!”

영실은 그 말에 가슴이 먹먹해지면서 마음속에서 알 수 없는 뜨거움이 솟아올랐다.

여태까지 살아오면서 그 어떤 말도 그를 이렇게 가슴 뛰게 하는 것은 없었다. 그의 어머니와 함께 받았던 모욕과 뒤돌아서서 들었던 수근거림을 애써 모른 채하며 살아왔던 그에게 이건 평범한 칭찬이 아니라 새로운 세상을 바라보는 눈과 뜨거운 심장을 갖게 해 주었다. 영실은 자기도 모르게 무릎을 꿇고 눈물을 흘리고 말았다. 그리고 큰 절을 하며 말했다.

"이렇게 크게 베풀어 주신 은혜를 평생 잊지 않고 살겠습니다."

"니가 꼭 은혜를 갚고 싶거든 나에게 이런 가르침을 주고 환자로 다가와 의술을 가지게 해 준 모든 평범한 사람들에게 베풀어 주면 되는 게야."

"그 또한 명심하겠습니다."

"너 같은 어린 인재가 조선에 있다는 게 참 고마운 일이야. 인연이 있으면 다시 보겠지. 우린 내일 여길 떠난다. 마루에 아직 다 완성시키지 못한 책 한 권이 있을 거다. 오늘 저녁에 보충해 놓을 테니 내일 가져가거라."

"네, 내일 뵙겠습니다."

영실은 산을 내려가며 많은 생각으로 머리가 가득 찼다.

유열의 가족과 헤어진다는 아쉬움, 자신의 아득한 과거 모습, 현재의 자신의 정체성, 흥분되는 펼쳐질 모습으로….

이튿날 아침도 거르고 영실은 어머니께 부탁해 둔 귀한 음식을 들고 산으로 종종걸음으로 올라갔다. 멀리서 오두막이 보이기 시작했다.

왠지 고요한 분위기.

자기도 모르게 걸음을 재촉하였다.

허겁지겁 달려온 보람이 없었다.

아무도 없었다.

아니기를 바랐지만 문은 열려있고 마루에 책 한 권이 덩그러니 놓여 있었다. 그리고 그 옆에는 보라와 흰색이 뒤섞인 도라지꽃이 향기를 잃고 있었다.

그냥 도라지꽃만 멍하니 쳐다보고 있었다.

'마지막으로 귀한 음식을 갖다 드리고 싶었는데….'

'그리고 그리고….'

허무했다.

그는 마루 위에 놓여 있는 책 앞장을 보았다. 제목은 없고 '유열' 두 글자만 있었다.

책장을 넘겨 보았다. 거기에는 유열의 남다른 의료행위들이 가득했다. 그가 혼자 익혀 남들이 행하지 않은 여러 가지 처치와 임상 실험들이 적혀 있었다.

모두 떠나버린 빈집에 홀로 있고 싶지 않아 책을 안고 터벅터벅 내려가며 초라한 오두막을 뒤돌아보았다.

한 달간의 일들이 한여름 밤의 꿈처럼 지나갔다.

조용하지만 거센 폭풍이 지나간 자리같이….

충녕(이도)의 어린 시절

　한여름의 태양이 이글거리다 지고 어둠의 그림자가 다가오고 있었다. 이도의 나이 십육 세, 아직 바깥 놀이와 활쏘기 등으로 몸을 움직이고 싶은 나이이다. 그런데 어두워지는 것도 모르고 이도는 책에 파묻혀 있었다.

　어린 시절부터 그러했지만 요즘 궁 안의 분위기가 무겁기 이루 말할 수 없었다. 남동생들이 다른 사람도 아닌 남편의 손에 죽은 이 현실을 받아들일 수 없는 어머니 원경황후는 태종을 원망하며 나날을 보내고 있었다. 그리하여 얼마 전부터 원경왕후의 몸이 많이 안 좋아졌기 때문이다. 그래서 독서를 하지 않은 시간은 대부분 어머니를 찾았다.

　누구보다 공감 능력이 뛰어났던 이도는 감당하기 힘들었다. 아무것도 하지 않고 조용히 지내기엔 어머니께 죄송하고, 그렇다고 아버지한테 따질 수도 없는 존재. 그래서 현실에서 한 발 물러나고 싶어서인지, 본인이 원하는 또 다른 세상으로 들어가고 싶었는지 알 수 없었지만 책 속에 묻혀 살았다.

　"어흠."

태종이 언제 들어와 있었는지 방 안에서 그를 내려다보고 있었다.

"아바마마, 언제 납시었습니까?"

"책 읽기에 몰두하여 내가 온 것도 몰랐느냐?"

"송구합니다."

"내가 너의 방에 책을 금지시켰을 텐데 어찌 책을 보고 있느냐? 박 내관 어찌 된 것이야?"

박 내관이 방으로 급히 들어왔다.

"분명히 어제 다 치웠습니다. 전하."

"그럼 이건 책이 아니고 무엇인가?"

"어찌 책이 여기에….'

"박 내관을 끌고 가서 엄히 다스려라.'

"아바마마, 박 내관은 잘못이 없습니다. 용서해 주십시오.'

"책이 여기 있는데 박 내관이 잘못이 없다니? 그 무슨 해괴한 소리냐?"

"제가 그랬습니다. 박 내관이 책을 정리하여 모두 들고 갈려고 해서 제가 한 권을 이불 밑에 숨겨 두었습니다.'

태종은 어이없었다.

저를 위해 책을 금지시켰는데 이 정도로 책에 진심인 줄은 몰랐다. 화를 내기도 그렇다고 웃을 수도 없는 노릇이었다.

"박 내관은 나가 보아라.'

"네, 전하.'

그리고 이도를 걱정스럽게 바라보며 호통을 쳤다.

“독서는 적당히 해야 된다고 하지 않았느냐? 건강을 해치면 아니 된다.”

엄하고 냉혹한 아버지 덕분에 어머니 원경왕후는 동생들을 잃었다. 이도는 어릴 적부터 어머니와 외삼촌을 생각하면 언제나 미안하고 가슴이 먹먹했다. 그래서 아버지를 많이 원망했다. 그런 태종이 아들을 걱정하고 있었다.

“네, 명심하겠습니다.”

이도는 그런 아버지가 무섭기도 안쓰럽기도 했다.

“내 다음에는 활 쏘는 모습을 보고 싶구나.”

“네, 알겠습니다.”

“대답은 잘하는구나. 다음에 내 확인해 보겠다.”

그러고는 방을 나섰다.

오늘도 부자 사이에 있을 법한 살가운 대화는 없었다. 이도는 그래도 괜찮았다.

이런 일이 익숙한지 오래된 일이기도 하고 책이 있었기에….

그는 서재에서 책 속의 세상과 대화하고 새로운 지식을 얻을 때가 제일 행복했다. 그에게 책은 스승이며 친구였다. 그리고 힘들 땐 따뜻한 손길로 어루만져 주기도 하며 방향을 잃었을 때는 새로운 길을 열어 주기도 했다. 그는 책을 통해 인간의 본질, 세상의 이치들, 그리고 이런 것들을 활용할 기술들, 이를 알아볼 수 있는 지혜의 세계에 푹 빠져 헤어날 수 없었다. 유학에 근간을 둔 조선에서 유학 외에도 불교 서적에 담긴 인간의 본연의 모습과 인간의 삶이 추구해야 하는 이

념과 사상에도 관심이 많았다. 이런 세상을 다른 이들도 함께 느낄 수 있으면 좋겠다고 생각했다. 아무리 읽어도 호기심과 목마름은 끝이 없어 잠자는 시간을 줄여 책을 읽곤 했다.

이도의 건강이 걱정된 태종은 수시로 세종의 방에 책을 금지시키기도 했다. 그럴 땐 서재에서 책 속의 세상과 대화를 시작했다. 그런 그를 언제나 따르는 박 내관은 걱정 반 호기심 반으로 물었다.

"마마, 책이 그렇게 재미있습니까?"

"책의 매력은 읽으면 읽을수록 빠져든다. 이 재미를 모르는 사람들이 이해가 안 가는구나."

"저는 마마가 이해가 안 되는데요?"

"그래? 사람들은 다 다름을 나도 알아가고 있는 중이다. 너같이 할 일 없이 걱정만 많은 놈들도 있다는 사실을 말이야."

"마마, 또 그러신다. 제가 이렇게라도 안 했더라면 마마님은 큰 병이 났거나 아마 책 속에 들어가 나오지도 못했을걸요."

"그럼 얼마나 좋았겠냐? 바깥 생각 없이 푹 빠져 책을 읽을 수 있으니…."

"그럼 책이 사람을 잡아먹는다니까요?"

"그럴지도 모르겠구나. 정말 그럴지도 몰라."

내관이 농담으로 한 말을 이도는 몇 번이고 되새겼다.

"한 분야를 알고 나면 그 분야를 존재하게 해 준 분야가 궁금해지고 그 흐름의 결말이 어디로 흘러갈지 또 궁금해진다. 이렇듯 책을 아예 안 볼 수는 있어도 한 권만 읽기는 힘든 이유다."

"네, 그러니 전 책 근처도 안 가야겠습니다."

"그래도 조금은 읽어라. 너무 무식하면 우리가 대화가 되겠느냐?"

"마마, 너무하십니다."

"그래도 걱정 말거라. 내가 예전부터 너를 보아왔는데 넌 절대로 한 달에 책을 한 권 이상을 읽을 위인이 아니니. 하하하."

"네, 잘나셨습니다."

"그렇지? 내가 좀 잘나기는 했지."

"그 잘난 마마 덕분에 저는 엄히 다스려질 뻔했습니다."

어릴 적부터 언제나 이도를 극진히 챙겨온 박 내관은 이런 농담으로 잠시나마 책과 떨어지게 해주었다.

이렇듯 책에 대한 애착이 많은 이도는 읽은 책에 대해 궁금한 것이 있으면 서재 지기에게 졸라서라도 그 책과 관련된 책을 구해오게 했다.

빛과 그림자

이도, 장영실을 만나다

깊은 밤, 서고의 등잔불은 이미 한참 전에 다 타들어 가고 있었다. 그러나 이도는 책을 놓지 못했다. 책을 읽던 눈은 점점 흐려졌지만, 마음은 오히려 더 맑아졌다. 책장을 덮으며 그는 천천히 숨을 내쉬었다. 글귀 속에서 꿈틀대는 수많은 생각이 그의 가슴을 쿵쾅거리게 했다. 하지만 글 속의 이상과 현실의 거리는 너무 멀었다. 답답한 마음에 그는 몸을 일으켰다.

"잠시 바람을 쐬어야겠다."

이도를 지키는 호위들이 졸린 눈을 비비며 따라오려 했으나, 그는 손을 들어 조용히 막았다.

"괜찮다. 잠깐뿐이다."

달빛이 은은히 깔린 정원을 걸으며 이도는 생각했다.

'나는 왜 이토록 글에 매달리는가?

아바마마께서도 학문을 귀히 여기시지만, 그 학문이 백성들의 삶을 편안하게 하지 못한다면 무슨 의미가 있단 말인가?'

'내가 왕이 되지 않을 것인데 나의 지식들이 백성들에게 도움이 될까?'

그 순간, 생각을 멈추게 하는 낯선 소리가 들려왔다. 딱딱, 탁, 쇠붙이가 부딪히는 맑은 소리였다. 궁 안의 깊은 밤에 어울리지 않는 소리였다. 그는 호기심에 발길을 옮겼다. 공방청 마당에서 땀을 흘리며 나무를 다루는 소년이 눈에 들어왔다. 키는 이도 보다 약간 크고, 얼굴에는 햇빛에 그을린 흔적이 짙게 남아 있었다. 등불과 달빛 사이로 비친 영실의 옷은 초라했으나 눈빛은 맑고 또렷했다. 그는 나무토막을 다듬기 위해 연장을 다루고 있었는데, 이도는 그 손길에서 이상한 품격을 느꼈다.

긴 막대기와 바퀴, 얇은 끈들이 얽히며 낯선 형체를 이루고 있었다. 땀방울은 달빛에 반짝였고, 그의 손놀림은 놀라울 만큼 정교했다.

이도는 순간 숨을 죽였다. 책 속에서 보았던 기구와 닮은 듯, 그러나 어디에도 없는 새로운 것이었다.

그는 조용히 다가가 물었다.

"넌 누구냐?"

깜짝 놀란 영실은 어쩔 줄 몰라 일어섰다.

박 내관이 둘 사이를 가로막으며 말했다.

"마마, 이렇게 아무나 상대하시면 아니되옵니다."

"되었다. 나도 사람은 볼 줄 안다."

박 내관이 다시 물었다.

"마마께서 물으시지 않느냐? 넌 누구냐?"

"소인은 공방청에서 일하는 공인이옵니다."

"그래, 이 밤중에 넌 뭘 하고 있었느냐?"

  빛과 그림자

“소인은 서리들을 도와 기구를 만드는 일을 거들고 있습니다. 며칠 전 만든 베틀보다 좀 더 효율적일 것 같아서 좀 다르게 만들고 있었습니다.”

이도는 그 말을 듣고 잠시 침묵했다. 그리고 다가가 영실이 만든 물건을 자세히 들여다봤다.

“아니, 내가 책에서 본 베틀이구나.”

“네, 마마.”

“내가 책에서 본 베틀은 이것보다 크고 투박하였다.”

“예전에 만든 베틀들은 그리하였습니다.”

“과연 이것들이 작동이 되느냐?”

“네, 마마.”

“이렇게 작은 베틀로 어떻게 직물을 짤 수 있느냐?”

“오히려 훨씬 빠르고 조밀하게 짤 수 있습니다.”

“뭐라?”

“용두머리와 눈썹 대 같은 부속들이 너무 크면 동선도 커서 능률적이지 못하며 그 속에 있는 것들도 커서 정교하지 못해 투박한 직물이 됩니다. 삼베나 무명 같은 경우는 상관없겠지만 명주 같은 얇은 실을 사용하는 경우는 북과 바디가 작을수록 더 정교하고 부드러운 직물이 나옵니다.”

“우선 보기에도 정교해 보이고 안정감은 있으나 기능이 되는지 궁금하였다.”

“낮에 실을 사용하여 기능은 확인하였습니다. 그러나 좀 더 실이 민

첩하고 매끄럽게 움직일 수 있도록 다듬고 있었습니다.”

“네 손이 참 정교하구나. 뒤에서 너의 손놀림을 보았다. 저 베틀이 네 손끝에서 살아나는 듯하다.”

영실의 두 눈이 놀라움에 흔들렸다. 그는 그동안 자신이 손재주를 부려도 대체로 무시나 형식적인 칭찬일 뿐 이런 표현으로 설명하는 것을 듣지 못했다. 그래서 숙이고 있던 머리를 살짝 들어 앞에 있는 소년의 모습을 훔쳐보았다. 단정한 외모로 입은 옷을 보아 높은 지체가 확실한데 말은 부드럽고 온화했다. 그 온화함 속에서 날카로운 질문과 예리한 눈썰미를 가지고 있었다. 그리고 거기에 아무리 낮은 신분이지만 상대방에 대한 배려가 있었다.

지금, 그 소년은 그의 솜씨를 ‘살아난다’라고 표현했다. 그 말이 영실의 가슴에 깊숙이 스며들었다. 그가 지금까지 만든 물건에 맞는 기능이 작동하게 생명력을 넣어 주고 싶다고 생각해왔었다. 그리고 이도는 그의 마음을 정확히 읽어 내고 있었다.

잠시의 침묵. 바람에 흔들린 나뭇잎 사이로 달빛이 두 소년의 얼굴을 스쳤다. 이도는 영실을 똑바로 바라보며 말했다.

“넌 좀 특별한 재주를 가졌구나.”

그 말은 유열을 만난 이후, 처음 듣는 말이었다.

영실도 이도를 한 번 더 살폈다. 이 사람은 신분이 아닌 그가 가진 ‘재능과 내면’을 들여다보았다. 그 순간 영실은 마음속 깊이 이 사람은 그냥 지나가는 인연이 아닌 그 사람의 내면을 들여다보고 싶은 사람이라 여겼다.

                                                    빛과 그림자

"네 손은 참으로 놀랍구나. 나는 책에서 이런 새로운 것들을 발명하는 사례들을 보았지만, 실제로 만들어내는 이는 처음 본다."

이도의 눈이 크게 흔들렸다. 영실은 당황한 듯 고개를 숙였다.

"그저 소인의 머리에 생각이 나서 한 번 만들어 본 것뿐이옵니다. 황송합니다."

이도는 미소를 지었다.

"그냥이라 하기에는 너무 치밀하다. 네 마음속에도 무언가 큰 뜻이 있어 보인다. 네 눈빛이 그렇다."

영실은 대답하지 못했다. 대신 그의 손가락이 기구의 나무 축을 매만졌다. 달빛 아래, 그의 손등에 새겨진 굳은살이 선명했다.

"나는 이도라 한다. 너의 이름은 무엇이냐?"

박 내관이 또 화들짝 놀라며,

"마마, 이름을 밝히시면 아니되옵니다."

"아니되옵니다. 그거 아니된다."

이도가 나무랐다.

"장영실이라 하옵니다."

그 짧은 대답 속에는 한없이 움츠러든 자의식과, 동시에 버려지지 않은 자존심이 담겨 있었다. 이도는 그 속을 단번에 읽어낸 듯 부드럽게 말했다.

"영실아, 너는 나와 연배가 얼마 차이가 없어 보이니 편한 친우처럼 대하겠다. 어려움이 있으면 서슴없이 말해도 된다. 나도 네가 필요할 것 같구나."

옆에 있던 박 내관이 깜짝 놀랐다.

"대군마마, 무슨 그런 말씀을 하십니까?"

"그만. 넌 아바마마께 입단속만 잘하면 된다."

"마마."

"난 나의 느낌을 믿는다."

영실도 놀라 두 눈을 크게 떴다.

"마마, 어찌 제가…."

"되었다. 앞으로 내가 너를 찾을 것이다."

이도의 목소리는 단호했으나 따뜻했다.

"나는 궁궐 안에서 모두가 나를 대군으로만 대우한다. 그러나 그 속에는 나를 꾸짖는 이도, 나를 친구라 하는 이도 없다. 너와는 다르고 싶구나. 너는 누가 시키지 않아도 그 기구의 최고의 기능을 생각해 냈으며 그걸 생각에 그치지 않고 실행에 옮겼다. 그리고 그것을 완성해 낼 재주가 있으니 뭔들 못하겠느냐? 무엇보다 중요한 것은 네가 이 베틀을 사용할 사람들을 배려했다는 것이다. 동선을 줄여 그들의 노고를 덜어 주려 함이 그것이다."

"그렇다고 어찌…."

"네 손이 살아 움직이는 것을 보았다. 네 눈은 거짓을 모른다. 그런 너를 편하게 부르고 싶다."

영실의 가슴속 깊은 곳에서, 오랫동안 눌려 있던 무언가가 울컥 솟아올랐다. 기생의 자식이라는 멍에 속에서 언제나 움츠러들고, 누구도 자신을 진정으로 보지 않았다. 그러나 지금 눈앞에 있는 왕자의 입

빛과 그림자

에서 흘러나온 말은 그를 '한 사람'으로 인정해 주고 있었다.

영실의 눈가가 젖어 들었다. 그동안 세상은 그의 신분만을 보았으나, 이 젊은 왕자는 그가 가진 '빛'을 알아보았다. 그 순간 영실은 마음속 깊이 이도의 말에 대한 마음속의 대답을 새겨 넣었다. 영실은 떨리는 목소리로 말했다.

"소신이 앞으로 마마의 곁에서 힘이 될 수 있다면… 뭐든지 하겠습니다."

이도는 그 말에 고개를 끄덕였다. 그리고 책을 읽으며 느꼈던 답답함이 서서히 풀려나가는 것을 느꼈다. 글 속에만 갇혀 있던 사상이 이제 현실로 손에 잡히는 듯했다.

"네 손과 내 마음이 함께한다면, 우리는 언젠가 많은 사람들을 행복하게 만들 수 있을 것 같아."

"…."

달빛이 두 소년을 감싸 안았다. 한 명은 글 속의 세상을 품은 소년, 다른 한 명은 손끝으로 세상을 빚어내는 소년이었다. 신분과 나이의 차이는 아무런 의미가 없었다. 오직 서로를 알아본 마음만이 두 사람을 이어 주었다.

그날 밤의 만남은 짧았지만 깊었다. 이도는 지금까지 낯선 이와 사적으로 이렇게 편안하고 길게 이야기기를 해 본 적도 없었다. 너무 가깝지도 않아 좋았고 불편하지 않아 좋았다. 그리고 신분과 행동에는 차이가 있었으나 세상을 보는 눈빛과 가치관이 한 곳을 향하고 있음을 알았다.

이도는 다시 서고로 돌아와 책을 펼쳤다. 이제는 뭔가 다름을 느꼈다. 더 이상 글자가 답답한 벽처럼 다가오지 않았다. 글자 하나하나가 바깥세상과 연결되어 살아 움직이는 듯했다. 내가 배운 학문과 그가 가진 재주가 합쳐진다면….

이도는 조용히 눈을 감았다. 그 마음속에서 불타오르는 희망은 달빛보다도 더 밝았다. 두 소년의 첫 만남은 학문과 기술로 이상과 손재주로 서로를 발견하는 순간이었다. 그 짧은 시간 동안 두 소년의 삶은 이미 얽히기 시작했다. 훗날 백성을 위한 과학과 기술의 꽃을 피울 첫 만남이 시작된 것이었다.

이후로 이도는 수시로 영실이 일하는 곳에 와서 일하는 모습을 관찰하곤 하였다. 그리고 작업이 끝나면 무슨 물건이며 어디에 쓰는 물건인지 물어보곤 했다. 그러면 영실은 보통 사람들이 대답하는 방식과 내용이 남다르다는 사실을 깨달았다.

"지금 만든 것은 가마가 아니야?"

"네, 가마이옵니다."

"네가 만든 가마는 좀 작고 볼품이 없어 보이는 것 같구나."

"네. 맞습니다."

"왜 그렇게 만든 것이냐? 저 가마를 타는 사람이 미운 게냐?"

"아닙니다."

"그럼 왜 그런 것이냐?"

"이 가마를 지고 가는 사람들이 힘들까 봐 작게 만들고 무게 나가는 장식품을 줄여 가볍게 만들었습니다."

　　　　　　　　　　　　　　　　　　　　빛과 그림자

“오— 그래?”

“송구합니다.”

“아니다. 내가 생각이 짧아 그 생각을 못 했구나.”

“넌 나보다 다양한 사람들을 만나 경험이 참 많겠구나.”

“아닙니다. 마마께서는 많은 책을 읽으시니 그 안에 있는 훌륭한 분들을 만나지 않으십니까?”

“허, 그것까지 터득한 것이냐?”

“그냥.….”

“나도 사실 그 생각은 해 보았다.”

“?”

“그런데 그런 간접 경험한 것과 직접 경험한 것은 또 다른 것이 있더구나. 난 살아 있는 경험을 많이 한 네가 부럽다.”

“차이가 뭐라고 생각하십니까?”

“여러 가지가 있겠지만 그중에 가장 확실한 것은 오감을 직접 느끼는 것이다. 아까도 나는 보이는 것과 기능에만 집중했는데 넌 그것을 드는 사람까지 생각하고 거기에 그 사람들의 고충까지 느끼지 않았느냐?”

“조금만 더 생각하셨으면 마마께서 바로 아셨을 겁니다.”

“그래. 그런데 그 조그마한 차이가 생각하는 관점을 엄청나게 바꿔 놓는다.”

“허허허.”

“그러나 누구나 직접 경험을 한다고 다 보이거나 느낄 수 있는 건 아니지. 그건 타고난 천성이거나 책이나 누군가의 가르침으로 아는 거지. 사람은 아는 것만큼 보인다고 하더군.”

“가끔 저도 훌륭한 분을 만난 것을 감사하게 느낄 때가 있습니다.”

“그 사람이 어떤 사람인지 궁금하구나.”

“저를 이 자리에 있게 하시고 살아갈 이유와 방향을 주신 분입니다.”

“내가 보기에 넌 여러모로 많은 것을 가지고 있구나.”

“네?”

“타고난 천성, 간접 경험, 직접 경험까지 여러 가지로 말이지.”

“어찌 그런 송구한 말씀을 하십니까?”

“내가 너에게 이끌렸던 게 아마도 이런 부분이었던 것 같아.”

“마마의 지혜의 발끝도 못 미칩니다.”

“마냥 겸손이 미덕이 아니라네. 그러다 보면 본인의 재주를 갉아먹기도 세상에 내놓기도 전에 문을 닫아 버리기도 한다네. 가끔은 자기 재주를 자랑하기도 펼쳐보기도 해야 다른 이들도 그것을 알아보고 이끌어 주고 밝은 세상에 나오게 되지.”

영실은 머리를 한 대 맞은 느낌이었다. 신분의 속박에서 펼칠 수 없는 답답함까지 이도는 보고 있었던 것이다.

“송구하지만 마마의 그 말씀 실천해 보도록 해 보겠습니다.”

“앞으로 나는 너의 도움과 지혜를 많이 기대하고 있다.”

“네, 최선을 다하겠습니다.”

“하하하. 시원한 대답이구나. 난 또 송구스럽게 무슨 말씀을 하십니까?라고 할 줄 알았다.”

“전 배운 대로 바로 실천하는 편입니다.”

     빛과 그림자

“풋, 그리고 네가 나보다 나이가 많다 손해겠지만 단둘이 있을 땐 정말 친우로 지내자. 영실아.”

“무슨 말씀을 하십니까? 말도 안 됩니다. 전하께서 아시면 전 죽은 목숨입니다.”

“그러니 자네와 나만 아는 비밀로 해야겠지.”

“끙….”

영실은 당황함을 감추지 못하고 표정이 굳어 있었다.”

“친우의 걱정을 더 줄여 주고픈 마음이 생겼네. 사람이 들지 않아도 되는 가마를 만들 수 있겠나?”

“네, 무슨 말씀인지? 들지 않으면 가마가 움직이지 않습니다. 그건 가마가 아니지요.”

“저절로 움직이는 가마를 만들면 되지 않겠나? 내가 너무 무리한 상상을 했나?”

“아— 저절로 움직이는 가마? 그건 상상도 못 해 봤습니다. 훗날 한 번 생각해 보겠습니다.”

“난 그냥 그런 것이 있었으면 생각한 것이지 그게 가능할 거라 생각하지 못했다.”

“마마는 보통 사람과 다른 특별한 생각을 하시는 분인 것 같습니다.”

“그래?”

“우선 저와 친우같이 지내자 하시는 것 자체가 이 세상에서 불가능합니다.”

“그렇지.”

“그런데도 그러고 싶어지게 합니다.”

“….”

“그리고 완전 불가능은 아닐 것도 같고….”

“그렇지? 완전 불가능이 아닐 것도 같지.”

“아무도 없는 곳에서는….”

“그리고 아무도 들지 않고 저절로 가는 가마라니 얼마나 황당합니까? 그런데도 그런 가마가 있으면 얼마나 좋을까? 싶고, 또 어쩌면 완전 불가능은 아닐 것 같은 생각이 들게 하십니다.”

“그것 봐라. 너 또한 다른 사람들의 생각을 뛰어 넘지 않았느냐? 넌 내가 생각한 것들의 가능성을 배제하지 않았다.”

“황송합니다.”

“이런 이야기를 다른 사람들에게 한다면 내가 미쳤거나 이상한 사람처럼 볼 것 같은데 너한테는 나도 모르게 이야기하게 된다.”

“신기하네요.”

“나도 그게 신기해?”

“네?”

“아마 넌 이런 것들을 가능하게 해 줄 것 같은 느낌이랄까?”

“제가요?”

“내가 상상하면 넌 다 만들어 줄 것 같단 말이지. 아까도 넌 저절로 가는 가마를 훗날 생각해 본다고 했잖아. 불가하다 하지 않고. 나를 이상한 사람으로 취급 안 하고 그렇게 말해줘서 얼마나 고마운 줄 아느냐?”

“마마님도….”

빛과 그림자

"우린 신분과 모든 것들이 다르지만 바라보는 것이 같음이야. 그러니 이렇게 죽이 찰떡같이 잘 맞지 않는가?"

"개떡같이 잘 맞는데요."

"쿡쿡쿡."

"쿡쿡쿡."

"그러니 다음의 만남은 친우로 와 주게."

"아니됩니다."

"오늘은 가야겠네. 다음에 보세, 나의 벗."

궐 안의 오얏꽃이 마지막 꽃잎을 흩날리고 있었다.

바뀌는 운명

　그날, 경복궁의 하늘은 눈부시게 맑았고 궁 안의 나무들은 연두에서 초록으로 옷을 갈아입고 있었다.

　그러나 이도의 마음은 그렇게 강건하지 못했다. 신하들은 숨조차 깊게 들이쉬기 어려울 만큼 무거운 대전에 모여들었다. 그는 비장하고 무거운 마음으로 느린 걸음으로 대전을 향해 가는 동안 온갖 상념으로 머리가 복잡했다. 이 고요하고 무거운 침묵은 무엇을 향해 가고 있는지, 누구보다 이도 자신이 가장 잘 알고 있었다.

　'오늘, 나는 새로운 운명의 이름을 얻게 되리라.'

　아버지의 결단.

　대전에 들어서자 태종의 위엄 어린 이 모습이 눈에 들어왔다. 아버지의 얼굴은 담담했으나, 그 눈빛에는 단호한 결단이 서려 있었다. 대신들은 숨을 죽이고 왕의 입술만을 바라보았다.

　"폐세자를 명한다."

　조용하지만 비장한 그 한마디에 대전의 공기는 얼어붙었다. 양녕대군의 이름이 뒤따라 불렸고 그 순간 이도의 심장은 크게 요동치더니 갑자기 멈추는 듯했다. 형이 짊어지던 자리의 무게, 형의 지난 세월이, 그 한마디에 무너져 내렸다.

그의 시선은 바닥에 고정되었다. 형의 몰락은 곧 자신의 부름으로 이어질 것임을 알고 있었기 때문이다.

"충녕을 세자로 책봉한다."

그 말이 울려 퍼지는 순간, 이도의 몸이 굳은 듯 움직일 수 없었고, 대신들의 일제히 고개 숙이는 모습이 흐릿하게만 보였다. 그는 땅만 응시했다. 어느 정도 언지를 받은 상태라 예상을 했지만, 고개를 들어 세상의 기대와 무게를 마주할 용기가 나지 않았다.

'세자라니, 내가 감당할 수 있을까.'

그는 늘 글과 학문 속에서 길을 찾았다. 백성들의 삶을 생각하며 눈시울을 적셨고, 작은 것에 마음을 두곤 했다. 지식과 기술에 전념하는 것도 왕좌를 노린 것이 아니라 형님의 통치에 조금이나마 보탬이 되었으면 하는 마음이었다.

그런데 왕의 자리는 냉철하고 단호해야 하는 법.

그는 자신이 그 무게에 걸맞지 않다고 믿었다.

그 순간 형, 양녕의 눈빛이 그의 눈어 들어왔다. 쓸쓸함이 담겨 있으면서도 묘하게 따뜻함을 보내고 있었다. 충녕은 가슴이 저려 왔다.

'형님….'

그 눈빛은 책망이 아니었다. 원망도 아니었다. 오히려 위탁과 미안함에 가까운 것이었다. 그제야 충녕의 눈가가 젖어 들었다. 그는 비로소 깨달았다. 형이 내려놓은 무게를 자신이 이어받아야 한다는 것을.

절차가 끝나고 나서도 이도의 손은 떨렸다. 대신들의 만세 소리가 천둥처럼 퍼져 나갔지만, 그의 귀에는 아무것도 들리지 않았다.

그는 스스로에게 묻고 또 물었다.

'내가 이 나라와 백성을 위해 무엇을 할 수 있을까?'

'과연 이 자리를 억지로 떠맡긴 형님과 아버지를 원망하지 않고 이 자리를 지켜내 나갈 수 있을까?'

'과연 내가 이 나라와 백성을 행복하게 이끌어 갈 수 있을까?'

아버지 태종이 그 많은 피를 흘리며 나라를 굳건히 기초를 다진 이 나라를 더 이상 피를 보지 않고 지켜내고 싶었다.

그리고 아버지의 대업에 어머니와 외가 식구들의 가슴 아픈 억울함을 모르지 않기에….

또한 이를 가슴 아프게 생각하여 이상행동으로 반항을 하며 아버지께 시위를 했던 형님을 모르지 않기에….

모든 가족을 정상적으로 돌려놓으려면 자신이 왕관의 무게를 견뎌야 한다고 생각했다.

아버지가 행한 수많은 죽음과 죄를 속죄하는 마음으로 더 이상 피의 정치가 아닌 용서와 관용으로, 더 이상 억울한 이가 없게 이 나라와 백성을 다스릴 것이라 다짐했다.

그렇게 생각하니 두려움 속에서 새로운 의지가 뜨겁게 일어났다. 아버지가 맡긴 뜻, 형이 내려놓은 자리, 그리고 백성이 바라는 희망. 그것을 짊어지는 것이야말로 자신의 숙명이라는 생각했다.

그날 이후 이도는 더 이상 단순한 한 왕자가 아니었다. 세자의 이름

 빛과 그림자

은 곧 약속이었다. 안일함을 버리고, 나라와 백성을 위해 삶을 내어놓겠다는 서약이었다.

대전에서 물러나오며 그는 하늘을 올려다보았다. 한없이 푸른 하늘 위로 눈부신 햇살이 쏟아졌다.

'부디 내가 이 길을 끝까지 감당할 수 있기를….'

그의 눈빛은 떨림 속에서도 단단히 빛나고 있었다. 그것은 두려움과 사명감이 뒤섞인, 그러나 강한 의지를 담은 눈빛이었다.

그날, 이도는 세자가 되었고, 조선은 새로운 아침을 맞이하게 되었다.

새로운 아침

세자 책봉이 이루어진 지 두 달 남짓 태종은 몸이 안 좋다는 핑계로 이도에게 양위를 했다.

태종이 세자를 바꾸었을 때 미리 예견된 일이었다. 태종은 이도로 하여 나라의 기반을 다지게 하되 자신이 이를 지켜보며 보살핌과 간섭을 하겠다는 취지였다. 이도에게는 부담이지만 부모로서 안전하고 굳건한 환경을 만들어 주고 싶은 것은 당연한 이치였다.

깊은 밤, 은은한 등불 아래 태종은 이도를 불러 앉혔다. 이도는 아직 젊고, 학문에 몰두하기를 즐겨 나라의 정치보다는 글과 책에 마음을 두는 듯 보였다. 그러나 그 눈빛 속에는 결코 무르지 않은 의지가 숨어 있었다.

"이도."

태종의 목소리는 낮고 묵직했다. 전장에서 군을 지휘하던 음성 그대로였다.

"나는 오래 버텼다. 나라를 세우고, 반란을 누르고, 종묘사직을 안정시켰다. 그러나 나의 손은 피로 물들었다. 이제 백성은 피보다 덕을 원한다."

이도는 잠시 고개를 숙였다. 그는 아버지의 걸어온 길을 누구보다 잘 알고 있었다. 무인으로서, 그리고 냉혹한 군주로서 나라를 지켜낸 태종의 길. 그러나 그 길은 수많은 피의 대가 위에 세워진 것이었다.

"아바마마. 아직 자리를 지키셔야 합니다. 저는 학문과 이치를 공부했다 하나, 나라를 짊어질 경험이 부족하고 배울 것이 너무나 많습니다."

태종은 차가운 웃음을 흘렸다.

"그런 점이 네 장점이다. 나는 무리하게 백성을 이끌었고, 대신들마저 피로 길들였다. 그러나 겸손과 다른 사람들의 시선으로 세상을 볼 줄 아는 너는 이 나라를 아무리 높은 경지에 올랐다 하더라도 끊임없이 노력하고 배울 것이다. 네겐 학문으로 다스리는 덕이 있다. 너라면 사대부들이 기꺼이 받들 것이고, 백성은 안도할 것이다."

이도의 이마에는 땀이 맺혔다. 태종 역시 권좌가 주는 무게를 잘 알고 있었다. 양위라 하지만 실은 자신의 피로써 세운 나라를 안은 채 자식에게는 덕으로도 나라를 다스리라는 무거운 짐을 던져 주려는 것이었다. 무엇보다도 태종은 마음속 미안함을 느끼고 있었다.

그러나 속마음과 다르게 태종의 눈빛이 번쩍였다.

"이도! 덕만으론 나라를 못 지킨다. 하지만 피 만으론 백성이 등을 돌린다. 내가 너를 택한 이유는 네가 그 둘을 조화롭게 병행해 나갈 수 있기 때문이다. 너는 책 속에서 사람의 마음을 읽었고, 나는 전장에서 인간의 본능을 보았다. 그 둘을 합쳐야 한다."

"아바마마께서 걸어오신 길을 부정할 수 없습니다. 그 엄격한 위엄이 있었기에 지금의 조선이 있지 않았겠습니까? 그러나 이제 저는 피의 길을 모두 버리고 오직 덕으로만 나라를 지탱할 것입니다. 제가 준비 될 때까지 버텨 주십시오.”

이도는 침묵 속에서 부친의 손을 바라보았다. 굳은살 가득한 손, 수십 번의 전쟁과 숙청을 이끈 손. 그러나 그 손이 지금은 떨리고 있었다.

“아버님….”

이도는 목이 메어 말을 잇지 못했다.

태종은 시선을 돌리며 한숨을 내쉬었다.

“내가 더 오래 버틴다면, 피의 길만 더 늘어날 것이다. 이제 백성을 들여다보고 살피며 어루만져주어라. 그러나 신하와 백성들에게 끌려가서는 아니된다. 너에게 힘이 있을 때 사랑하고 보듬어 줄 수 있는 것이다. 너에게 힘이 없을 때는 사랑하는 것이 아니라 그들에게 굴복하는 것이다. 이도, 너는 덕으로 백성을 달래고, 책으로 신하를 부리고, 법으로 나라를 바로잡아라. 그 길이 너의 길이다.”

이도는 마침내 무릎을 꿇었다.

“아버님의 뜻을 받들겠습니다. 하지만, 저는 아버님의 그림자를 잊지 않겠습니다. 힘으로 굳건하게 세운 토대 위에 덕을 더하겠습니다.”

‘그래야 나라의 기반을 위해 어쩔 수 없이 억울하게 희생된 분들에게 사죄하는 것이 될 테니까요.’

차마 이 말은 할 수 없었다. 태종은 잠시 눈을 감았다. 긴 세월의 무게가 그 눈가에 어렸다. 그리고 천천히, 그러나 단호하게 고개를 끄덕였다.

빛과 그림자

"그래. 나는 이제 물러나겠다. 하지만 기억하라. 종묘사직을 이어 잘 받들고 나라를 부강하게 하며 백성을 잘 살펴야 한다. 그 의무를 잊는다면, 네가 내 아들이라 해도 나는 결코 용서치 않을 것이다."

이도는 조용히 말했다.

"명심하겠습니다."

등불이 흔들리고, 긴 밤이 저물어 갔다. 태종의 권력은 무겁게 내려앉았고, 세종의 시대가 조심스럽게 기지개를 켰다. 피의 군주와 덕의 성왕 사이, 부자(父子)의 대화는 그렇게 역사의 전환점이 되었다.

그런데 태종은 아들의 굳건한 치세를 위해 또 한 번의 마지막 결단을 내렸다. 왕권 강화와 외척 세력을 제거하기 위해 이도의 처가를 쓸어버리는 일을 감행했다. 이도에게는 너무나 가혹했다. 어머니의 슬픔과 외삼촌들의 죽음으로 모자라 자신의 처가의 몰락은 이도를 견딜 수 없게 하였다. 태종이 자신의 왕좌를 굳건히 해 주기 위함을 모르지 않으나 소헌왕후 심 씨는 실신하여 며칠을 일어나지 못했다. 심 씨가 겨우 정신을 차렸다는 말을 듣고 찾았다.

"미안하오. 미안하오."

"아닙니다. 전하, 제가 몸이 약해 송구합니다."

"내가 왕이 되지 않았더라면 이런 일이 일어나지 않았을 텐데."

"이런 모습을 보여 드리지 말았어야 했는데…."

"아니오. 이런 상황에 어찌 제정신일 수 있겠소?"

"압니다. 어찌 그 마음을 모르겠습니까?"

이도 또한 심 씨를 부여잡고 울고 싶었지만 차마 억지로 애써 참고 있는 그녀의 눈을 마주할 자신이 없어 문을 박차고 뛰쳐나와 버렸다. 복수를 할 수 있으면 목숨을 걸고 하겠지만 그 복수의 상대가 그의 아버지 태종이었기에 죽을 만큼 고통이었지만 아무것도 할 수 없는 현실.

두 번째였다.

그의 어머니 때도,

그의 아내 심 씨 때도 그는 아무것도 할 수 없었다.

그는 그대로 그의 동굴로 들어갔다. 공기 속에서 숨을 쉴 수 없을 때 그는 어두운 동굴에서 웅크리고 앉아 침묵을 지켰다.

이도의 공감 능력은 상상을 초월했다. 그냥 오감으로 느끼는 정도가 아니라 초자연적인 예민한 육감으로 자신과 타인, 타인과 타인, 자기 자신과의 교류에서 육체와 심리상태의 연결된 감정을 파악하고 감지했다. 외부에서 보면 무한한 능력 같아 보이지만 정작 이도 본인으로서는 슬픔과 고통일 때가 더 많았다. 몰랐으면 좋았을 것들을 아무리 눈감고 귀 막아도 사랑하는 사람들의 고통이 저절로 뼛속까지 느껴졌다. 더욱이 그는 왕이라는 자리에 있었기에 이 능력을 남몰래 감추는 것 또한 백성에 대해 큰 죄를 짓고 있다고 생각되었다.

그래서 가끔 게으름을 피워 보기도 동굴에 숨어서,

'세상은 알아서 잘 돌아가지 않을까?'

기대도 해 보곤 했다. 그러나 그러기엔 현실은 가혹했고 본인이 꿈꾸는 이상세계가 너무 높았기에 결국 동굴 밖으로 꾸역꾸역 기어 나와야 했다. 결국, 왕이라는 자리도 그에게 주어진 이 능력도 그의 굴레였다.

빛과 그림자

세종(이도)의 근심과
꿈꾸는 세상

　이도는 왕에 오르고 이런저런 생각으로 머리가 복잡했다. 신료들에게 업무를 보고받고 이를 검토하여 하달하고 이 모든 상황을 상왕인 태종께 보고까지 해야만 했다. 너무 힘든 날에는 업무에서 잠깐이라도 탈피하고자 영실이 하는 일을 구경하거나 시답잖은 농담을 하곤 하였다.

　“자네, 능력을 인정받아 좋은 자리로 배치됐다지. 축하하네.”

　“전하께서 내린 은혜라는 것은 다 아는 사실인데 저를 놀리십니까?”

　“응당 자네의 재주가 되니 그렇게 됐겠지.”

　“네, 자─알 알겠습니다.”

　“자넨 어린 시절 어떻게 보냈는지 궁금하군.”

　“저는 신분이 비천하여 딱히 배운 바는 없고 어머니께서 가르쳐 주신 글자와 주신 책을 읽은 게 다입니다. 그리고 아버지가 들려주신 특별한 경험을 어머니께서 제게 전해 주시곤 하셔서 호기심이 많았습니다. 하늘을 관찰하거나 아버님이 만드신 발명품을 가지고 놀거나 비슷한 것을 만들고 놀았습니다. 그런데 하늘의 움직임이 신기하게도 일정한 규칙이 있다는 사실과 절대 변하지 않는 것이 있다는 것을 알고 지금도 관찰을 계속하게 됩니다.

"정말이냐?"

"네, 어릴 적부터 쭉 보아왔기 틀림없사옵니다."

"나도 어릴 적부터 밤하늘을 보아왔는데 별자리가 바뀌는 것은 보았다. 그런데 난 그것이 내 마음에 정서적으로 어떤 영향을 줄까에 더 관심이 많았는데 넌 그 규칙을 보았구나!"

"……."

"그래 난 별자리가 바뀔 때마다 어떤 일이 궁 안에 일어날까? 하며 조마조마하는 두려움이 나의 시야를 좁게 만들었지."

그 말에 영실은 이도가 얼마나 가슴 조이며 이 궁을 견뎌왔을지 생각이 들자 그 대단한 신분이 결코 자기보다 편한 삶이 아닐 수 있었겠다는 마음이 들었다.

'연민'

감히 그의 신분으로서는 가져서는 안 될 감정이었다.

"전하께서는 앞으로 무엇을 하고자 하십니까?"

"뭐라?"

이도는 당황했다.

영실도 당황했다.

질문을 하는 이도 질문을 받은 이도 당황스런 이 질문….

이도는 이런 진심 어린 질문을 받은 적이 없었다. 아버지 태종이 그 많은 피를 뿌리며 나라를 굳건히 기초를 다졌지만 이를 더 이상 피를

                                     빛과 그림자

보지 않고 지켜 내고 싶었다. 그리고 피를 흘리는 과정에서 어머니 외가 식구들의 원통함, 처가의 몰락을 눈앞에서 지켜봤다. 그래야만 억울하게 죽어간 이들에게 사죄하는 마음이 좀 씻기는 것 같았다.

이러기에 그 누구도 그들의 삶에 억울한 일들이 없게 백성들을 다스리는 것이 그의 첫 번째 임무였다.

아버지가 저지른 죄를 용서받고 평은하고 싶은 만큼, 어머니와 아내 때문에 가슴 아프고 억울한 만큼, 억울한 또 다른 이들에게 더 많은 관심을 가지고 들여다보려고 노력했다. 이도는 조용히 대답했다.

"난 나의 백성을 억울하지 않고 행복하게 해 줄 것이다."

"그렇습니까?"

"단순하지? 허허허."

"그런 것 같습니다. 백성들이 등 따시고 배부르면 되겠네요. 허허허."

"그런데 내가 생각해 보니 그것이 제일 어려울 것 같네."

"네, 우리 백성들끼리 하는 말인데 나랏님도 가난은 어찌 못한다는 말이 있습니다."

"그런가? 난 망했네. 난 바로 그 나랏님이고 하필 제일 힘든 과제를 내가 선택했거든."

"그 목표 이루시려면 죽어라 업무에 시달려야 할 텐데 참 힘드시겠습니다."

"걱정 말게. 나만 힘든 건 아닐 테니."

"네?"

"난 물귀신처럼 자네를 물고 늘어질 거라네."

"그런 법이 어디 있습니까?"

"이보게, 난 왕이네. 내가 그런 법을 만들면 되지.

"전 빨리 벼슬 내려놓고 귀향해야겠습니다."

"내가 있는 한 자네는 평생 벼슬을 내려놓지 못 할 게야. 허허허."

"무섭습니다. 전하."

왕실과 양반 입장에서만 바라보던 이도는 일어난 사건을 영실이 속했던 천민의 입장에서도 바라볼 수 있게 되었다. 보는 각도에 따라 얼마나 관점과 생각이 다를 수 있는지 알게 되었다. 둘만의 수많은 질문과 대답 속에서, 부모님과 대신들에게서 영특하고 지혜롭다는 소리만 들었던 이도는 자기가 얼마나 좁은 세상에서 살아왔는지도 영실을 만나면서 알게 되었다. 영실의 세상을 평가하는 예리하고 날카로운 시선으로 왕실과 양반을 제대로 바라볼 수 있는 안목과 백성들의 고충을 들어 줄 수 있겠다는 확신이 들었다.

처음에는 영실은 이도의 말과 노력에 크게 의미를 두지 않았으며 감히 범접하기 힘든 왕의 신분이었기에 시키면 시키는 대로 하자는 마음으로 묵묵히 자기 일에 전념을 다할 뿐이었다. 그런데 왕명으로 하달되는 것들이 백성들에게 꼭 필요한 것들이 많다는 생각에 이도의 백성을 사랑하는 마음을 느낄 수 있었다. 그리고 그 필요한 것들은 영실이 생각한 분야가 많아 바라보는 방향이 비슷함을 느꼈다. 그러면서 영실은 점점 이도의 사상과 가치관 속으로 깊이 빠져들고 있었다.

예전부터 한 번도 겪어 보지 못한 임금일 것 같다는…. 그런 결정적인 계기가 된 사건이 일어났다.

빛과 그림자

백성을 향한 마음이 통하는 두 친구

한겨울에 들어선 조선은 매서웠다. 바람은 살갗을 베듯 차갑고, 궁궐 담장 너머 관아에서는 하루하루가 버티기조차 힘겨웠다. 그중에서도 노비들의 삶은 혹독했다. 주인의 명령을 거역할 수 없고, 몸은 물론 태중의 아이까지 주인의 소유로 여겨졌다.

그 겨울, 경상도의 한 관아에 출산 중 아이가 사망하고 산모가 생명이 위급한 일이 일어났다. 관노 신분인 '분이'는 곧 아이를 낳을 몸이었다. 그 관아의 그 부인은 성질이 고약했다. 분이를 채찍질하고 하루 종일 일을 시켰다. 결국 빨랫감을 이고 언덕을 내려오다 하혈을 하여 아이는 세상 빛을 보기도 전에 숨이 끊어졌다. 작은 몸은 미처 울음소리 한 번 내지 못한 채, 차디찬 겨울 땅에 묻혔다. 분이는 그 자리에 주저앉아 오열했다. 이 비극은 억울하고 불쌍하여 누군가 상소를 올렸고 이 사건은 이도의 귀까지 들어왔다. 이도는 조정에서 이 상소를 읽었다. 또 다른 억울한 이….

아이의 생명을 지켜 주지 못한 것은 단지 주인의 죄가 아니라, 제대로 된 제도를 마련하지 못한 임금 자신의 잘못이라 여겼다.

그날 밤, 이도는 혼자 경연당에 앉아 촛불을 바라보았다. 한 번 울음조차 내지 못하고 사라진 아이의 혼이 촛불 속에서 흔들리는 듯했다. 그는 조용히 중얼거렸다.

"백성이 곧 나라라 하였는데… 어찌 신분이 낮다고 그 생명을 가볍게 여길 수 있단 말인가."

이튿날 조정에서는 격론이 벌어졌다. 대신들 가운데 일부는 노비에게 출산휴가를 허락하는 것을 탐탁치 않게 여겼다.

"전하, 관비는 나라의 재산이옵니다. 만약 아이를 핑계로 일을 게을리하면 어찌 나라 일에 지장이 없겠습니까?"

그러자 잠시 이도는 눈을 감았다가 이내 단호히 말했다.

"그대들은 한 아이의 울음이 나라의 울림임을 모르느냐? 주인의 이익보다 먼저 헤아려야 할 것은 백성의 목숨이다. 하늘이 내린 생명을 지켜 내지 못한다면 이 나라 또한 오래가지 못할 것이다."

그 목소리에는 애끓는 슬픔과 분노가 담겨 있었다. 대신들은 더는 반박하지 못했다.

이도는 법조문을 마련케 하여, 관노비가 아이를 낳을 때 반드시 기존 출산 시 일정 기간 일을 쉬도록 명하였다.

"기존 출산 후 단 7일만 쉬고 일을 해야 했던 관노비에게 100일의 산후 휴가를 부여한다. 이는 갓난아기의 생존율을 높이고 산모의 건강을 보호하기 위한 조치다."

이어서,

"그리고 출산 직전까지 일을 하다가 위험한 상황에 처하는 것을 방지하기 위해 산전 휴가 30일을 추가로 부여한다.”

대신들은 놀라 반대를 하고 싶었지단 근간에 보기 힘든 비통함과 강한 의지를 내비추었기에 더 이상 반대를 할 수 없었다. 4년 뒤에는 출산한 관노비의 남편에게도 한 달간의 휴가를 주어 산모를 돕도록 했다. 이 법조문은 억눌려 살아온 수많은 여인들에게 처음으로 ‘사람으로서의 숨결’을 허락한 일이었다.

며칠 뒤, 이를 전해들은 분이는 이 말을 믿기 어려워했다. 노비에게도 쉴 권리가 있다는 말은 꿈같았다. 그녀는 무덤가를 찾아가 땅속의 아이에게 속삭였다.

“아가야, 네가 울지 못했기에, 이제 다른 아이들은 울 수 있게 되었구나.”

바람은 부드럽게 불어와 그녀의 뺨을 적셨다. 그날 이후, 노비들의 삶은 여전히 고단했으나, 그 속에서도 작은 희망의 불씨가 피어올랐다. 아이를 낳은 여인은 더 이상 채찍 아래 쓰러지지 않고, 잠시나마 몸을 회복할 시간이 주어졌다. 그것은 세상을 바꾸는 거대한 물결의 시작이었다.

이도는 이 사건을 기록에 남겼다.

“나는 한 아이의 울음 없는 죽음 앞에서 임금의 부끄러움을 알았다. 그 아이는 짧은 생으로 나라를 가르쳤으니, 기는 하늘이 내린 스승이었다.”

당시의 이런 행보는 영실에게도 파격적인 일이 아닐 수 없었다. 자신보다 백성들의 마음을 더 잘 알고 살피는 왕을 위해 뭔가 하고 싶다는 의지가 꿈틀거리며 같이 할 수 있다는 것에 뿌듯함을 느꼈다.

'살아오면서 나는 잘 살고 있는 것인가?

유열, 그분의 가르침대로 행하고 있을까?'

그분의 은혜를 갚는 방법은 무엇이며 할 수 있을까?'

확실히 정할 수 없는 생각들 속에 묻혀 있던 그에게 해답을 주는 것 같았다.

'나의 고민을 덜어 줄 수 있는 사람을 만날 수 있어 얼마나 다행인가?

이 왕의 신하로 사는 것이 얼마나 자랑스럽고 보람된 삶인가?'

드디어 조선의 최고 문과의 천재와 이과의 천재가 서로 마음이 와 닿게 되었다.

눈빛만 봐도 무엇을 원하는지, 얼굴빛만 봐도 그날의 기분과 일의 성과를 알 수 있을 정도였다.

조선 최고 밑바닥을 들여다보고 싶은 왕,

조선 지존의 왕을 불쌍하게 들여다보고 싶은 노비,

둘은 신분만 달랐지 마음속으로 연민 우정 희망까지 공유하는 벗이 되어 있었다.

"울타리를 좀 넘으면 어떻겠나?"

"네?"

"난 왕의 신분을 벗고 세상과 소통하고 자넨 노비 출신이란 족쇄를 벗어 버리면 편안한 눈으로 세상을 볼 수 있지 않겠나?"

"전하는 벌써 그런 눈을 가지고 계십니다."

"난 자네와 같은 눈높이를 가지고 싶다고 말하는 것이네. 아무리 같은 사물, 같은 일을 보더라도 다른 위치에서 보면 차이가 난다네. 가끔씩 같은 관심사를 같은 눈높이로 보고 싶네.”

“이미 전하께서는 제가 가장 존경하는 친우십니다.”

어느 날 이도가 영실에게 물었다.

“너는 나의 원하는 나라에 없어서는 안 될 소중한 사람이자 친우다. 그런 너에게 나는 어떤 존재냐?”

“소인이 물에 빠졌을 때 제 팔과 다리가 어떻게 움직이고 왜 움직여야 하는지 가르쳐 주는 머리 같은 존재입니다. 제가 삶의 방향을 잃고 표류할 때 가르침을 주는 등대 같은 분이십니다. 손발이 부지런하다고 한들 사람에 대한 자애와 세상의 이치를 뚫어보는 지혜 없이 뭘 할 수 있겠습니까?”

“이런 고약한 사람 같으니 자넨 나를 입만 나불거리고 손발이 게으른 놈으로 만들어 버리는구먼.”

“그런가요? 그럼 맞나봅니다.”

“이렇게 맞는 말만 하니 내가 너를 멀리할 수가 있겠나?”

“이러니 전하께선 저를 방자하고 오르지 못할 나무에 욕심을 내게 합니다.”

“이런 망나니 같은 사람을 봤나? 그럼 망나니처럼 이 세상 폼나게 품어 보게.”

“누구나 세상을 맘껏 품어도 되는 세상이 올 수 있을까요?”

“모든 사람들이 그런 꿈을 꾼다면 언진가 오지 않겠나?”

“허허허. 생각만 해도 웃음이 나네요.”

“왜?”

“어이없어서요. 그리고 너무 좋아서요.”

“그런 날에 한 발씩 다가가려면 우리가 할 일이 뭐라고 생각하나?”

“조선에는 각 분야마다 뛰어난 인재들이 아주 많을 거라 생각됩니다. 그런 사람을 알아볼 수 없는 것은 그들이 교육을 받을 기회가 없어 자기의 역량을 발휘할 기회가 없기 때문입니다.”

“자네 말이 맞네. 그들이 기회를 잃는 것은 그들뿐만 아니라 나라가 기회를 잃는 거네. 자네 같은 인재를 잡은 것도 자네가 노비 신분임에도 글자를 깨쳤기에 가능한 것일 수도….”

이도는 방긋 미소 지었다.

“그래서 내가 요즘 심중에 품은 것이 있다네.”

“무엇입니까?”

“백성들이 지혜와 지식을 배워 스스로 할 수 있게 하고 또 그것을 직접 글로 남긴다면 얼마나 많은 지혜와 지식이 축적되겠는가?”

“무슨 말씀이신지?”

“그리고 백성들이 몰라서 억울한 일을 겪지 않아도 되는 그런 걸 실현해 보려 하네.”

“바쁜 백성들이 어떻게 어려운 글을 배우겠습니까?”

“내가 백성들이 읽을 수 있는 쉬운 글자를 한 번 만들어 볼까 하네.”

“글자을 만든다고요? 글자를 만들 수 있다고 생각해 본 적이 없습니다.”

“중국의 한자나 서양의 글자, 왜의 표기들도 다 누군가가 만든 이가

  빛과 그림자

있지 않겠나?"

"그건….'

"난 우리 백성의 실정에 맞고 백성들이 읽고 쓸 수 있는 글자를 한 번 만들어 보려 하네."

"백성이 다 읽고 쓸 수 있는 글자?"

영실은 깜짝 놀랐다.

"그래, 난 가능하다고 생각하네."

"음….'

"내가 하는 일을 자네가 도와준다면 훨씬 쉽고 빠른 시일에 끝낼 수 있을 것 같네. 내가 생각하기만 하면 자넨 그것을 뚝딱뚝딱 잘도 만들어 주지 않았나?"

"기구나 물건을 만드는 거랑 아주 다른 분야가 아닙니까?"

"그렇지. 이번 것은 시간이 좀 오래 걸리겠지만 또 해낼 테니 걱정 말게. 그리고 내가 이번에는 손발을 좀 쓸 거거든."

"기간은 얼마 정도를 생각하고 있습니까?"

"한 십 년? 어쩌면 그 이상이 될지도 모르겠네. 그리고 자네의 반응에서 나왔듯이 앞의 그 어떤 발명품보다 어렵고 힘들 거야."

"전 감도 안 잡힙니다."

"이는 좀 더 조심하고 세심하게 그러면서 과감하게 해야 될 게야."

"무엇부터 시작해야 되는지 가늠이 되십니까?"

"자네는 내가 그 정도 생각도 없이 착수할 것 같나?"

"우선 고대의 이두부터 중국의 음운학 저서와 그 외 여러 나라의 문자를 연구하고 장단점을 파악하고 있다. 그러나 그 글자들과 유사한 글자를 만든다는 뜻은 아니네. 참고를 한다는 것이지."

"그럼?"

"난 그 글자들을 연구해 본 결과 배우기도 너무 어렵지만 일관성도 없어 보였네. 나는 시간이 오래 걸려도 우리 백성들이 진정 원하는 글자를 만들어 주고 싶네."

"그 글자가 어떤 글자입니까?"

"내가 준비해둔 자료들이 좀 있으니 참고해서 이에 필요한 정보와 자료들 수집을 위해 자네가 이번 명나라에 사신들이 갈 때 같이 동행하여 임무를 수행해 줬으면 좋겠네. 가서 천문학 저서뿐만 아니라 서양의 다른 나라 언어와 문자에 관한 저서와 사람들을 만나 연구자료가 될 만한 것은 다 살피고 오시게."

"제 신분에 너무 과분하고 능력 이상의 것을 요구하시고 있다고 생각하지 않으신지요?"

"신분이야 높았다 낮았다 하는 흔들리는 바람 같은 거라네. 왕족도 역모에 몰리면 노비가 되기도 노비나 평민도 나라에 큰 공을 세우면 양반이 되기도 하는 것을 알면서도 우리는 그저 외면하고 있는 거지. 그걸 인정하게 되면 양반들이 신분제 자체를 뒤흔들 수 있다는 불안감과 기득권들이 사라질 수 있기에 쉽게 인정하지 않으려고 하지. 언젠가는 이 사실을 인정하는 사회가 오겠지만 많은 시간이 걸릴 거야."

"갈수록 심각한 상상을 하십니다."

"나 같은 왕족이라 하여 영원히 권력을 잡는 것도 이치에 안 맞겠지

                                        빛과 그림자

만 지금 나 또한 내 마음이 백성에 와 닿아 있을 뿐 내가 아니면 안 될 것 같은 이 권력욕과 독재가 내 맘속에 존저한다네. 이것 또한 견제되어야 할 부분이야. 나중에 모든 백성들이 인간은 똑같이 귀하고 평등하다는 사실을 깨달았을 때 그런 나라가 완성되었을 때 이 또한 짐이거든.”

“일반 백성이 이런 말과 상상을 하는 것 또한 역모입니다.”

“그럴지도….”

“일반 백성들은 이런 상상을 할 수 없지요. 감히.”

이도의 포부는 계속 쏟아져 나왔다.

“그런데도 내가 이런 행동을 하는 이유는 백 년, 아님 천 년이 걸릴지 모르는 그 세상에 조금이라도 더 다가갈 사상, 제도의 초석을 닦아 놓아야 할 게 너무 많아 서두르고 초왕적인 권력을 사용하고 있는 게야.”

“더 나은 사회가 되기 위해 더 끔찍한 채찍을 드는 것과 같군요.”

“아마도? 그런데 너의 지적은 언제나 칼날 같구나.”

“죄송합니다. 그런데 전하께서는 관료들에게 언제나 설득시키려고 하시지 않습니까?”

“관료들의 견제를 받고 있지만 관료들을 무시하고 독재로만 통치할 수 없는 것은 관료들도 나의 백성들이고 그들이 자기들의 이속만 채우려는 자들만으로 구성된 것이 아닌 걸 알고 있기 때문이다. 그들의 생각을 들어보고 배울 점이 있으면 배우고 나의 견해를 받아들일 사람이 있다면 나 혼자 할 수 없는 다양한 방면으로 나라를 굳건하게 하고 백성을 편안케 하는 데 노력하지 않겠나? 세상에는 아무리 잘난 사람일지라도 혼자보다는 많은 사람이 해낼 수 있는 일이 훨씬 많기 때문이지."

"그래서 한 사람이 아닌 여러 사람이 교육을 받아 각자의 일을 해야 겠군요."

"음, 그리고 교육이란 인류가 태생하면서 동시에 존재한 것이었네. 처음에는 먹고사는 생존의 기술을 몸으로 가르쳐 주었겠지만 언어로 좀 더 정교하게 그리고 여러 사람의 관계와 감정들을 배려하는 형태 로 변해 왔으며 그 후 문자로 아주 중요하고 소중한 것들을 더 많은 사 람들과 후세들에게 남기게 되었다. 아직까지는 이렇게 보존된 정보와 지식을 아주 소수의 문자를 아는 기득권자들만 누리고 있지만…."

"안타까운 일이네요."

"문맹을 의도적으로 유지하여 가로막고 연결을 두려워하는 자들이 있다. 두고두고 자기들만의 권력과 부를 영위하고자 하는 자들이다. 보수라 칭하지만 손에 쥔 것들을 놓고 싶지 않은 것이다."

"…."

이도는 이 모든 것들을 알고 있었고 영실은 이 모든 것들을 몸소 체 험한 사람이었다. 그래서 이 둘의 만남은 그냥 두 사람의 만남이 아니 라 두 세상의 만남이었다. 그것도 두 세상의 극과 극이라 할 수 있었 는데, 다행히도 이 둘은 그 세상에서 최고의 지혜와 지식을 갖고 있었 다. 그리고 백성을 바라보는 목적과 방향이 같았다.

"내가 만든 쉬운 문자가 먼 미래에 모든 사람들이 소중한 정보와 지 식을 쉽게 취할 수 있고 골고루 교육을 받을 수 있어 삶이 풍요로워지 게 될 것이다.

빛과 그림자

그 결과 지혜를 얻고 삶의 방향을 스스로 정할 수 있어 무지하여 어리석은 행위로 본인의 삶을 후회하게 되는 것을 막아 주고 싶다네. 이게 내가 글자를 만들고 싶은 궁극적인 목적이네.”

영실은 그 말을 듣고 자기를 묶어 놓은 육신과 영혼이 사슬에서 해방되는 것 같았다. 온 세상이 자유롭고 빛으로 환해졌다. 지금까지 발명했던 수많은 것들과 비교될 수 없는 열정으로 문자에 애착을 느끼게 되었다.

‘이건 발명품이 아니다.’

‘이건 이 사람의 영혼이 고스란히 담겨 있구나.’

‘이 정도의 사랑과 열정이라면 어떤 어려움과 방해가 있더라도 해내겠구나.’

‘그것도 내가 상상할 수 없는 수준으르 계획하고 있구나.’

‘내가 여기에 목숨을 걸어도 되겠구나.’

다짐했다. 그리고,

“전하의 게으른 손과 발을 대신하여 모든 물리적인 방법을 동원하겠습니다. 더 많은 정보를 수집하여 선택의 폭을 넓게 하고 능률적인 문자를 만드는데 이 몸 바치겠습니다.”

“그렇게 말해 주니 고맙네.”

“황공합니다.”

“사실 지금까지 내가 일을 밀어붙일 때마다 이 일이 정말 백성을 위해 꼭 필요한 일인가, 이 일이 과연 성공할 수 있을까 하는 두려움이 나를 괴롭힐 때가 많았다네.”

“그랬습니까?”

“그때마다 자넨 나에게 마음의 안정감과 밀고 나갈 수 있는 굳건함을 주었지.”

“그리고 완성품도 언제나 내 상상 이상이었네.”

“저 또한 밤을 새워 연구를 할 수 있었던 것은 누군가의 강력한 믿음이 있었기에 가능했습니다.”

“자넨 내 손발을 대신하는 것이 아니라 가끔은 내 내면을 들여다보고 미리 준비하는 사람 같아.”

“무슨 그런 망극한 말씀을⋯. 나랏님의 내면을 들여다보다가는 참형이지요.”

“그럼 자넨 참형이로군. 하하하.”

이렇게 두 사람은 운명같이 서로를 위하고 기대고 있었다.

빛과 그림자

장영실, 새로운 문명과의 조우

한성의 겨울 하늘은 유난히 높았다. 눈발은 아직 내리지 않았으나, 찬 기운이 골목마다 스며들어 사람들의 옷깃을 여미게 했다. 영실은 궁궐의 종루 아래서 깊은숨을 들이켰다. 이제 곧 명나라로 향하는 사신단과 함께 떠날 준비를 하고 있었다. 명의 과학기술을 배우고, 새로운 세계의 지식을 얻어오라는 명을 받들기 위해서였다.

그의 눈에는 두려움과 설렘이 동시에 깃들어 있었다. 천민으로 태어나 왕의 총애를 받아 이 길에 오르게 된 것은 기적이었으나, 앞으로 마주할 세계는 아직 알 수 없는 바다였다.

이도가 특별히 영실이에게 부탁한 것은 천문학을 비롯한 과학 분야의 서적과 여러 나라의 문자에 관한 것이었다.

수개월의 여정을 거쳐 북경에 도착했을 때, 영실은 눈 앞에 펼쳐진 광경에 숨을 삼켰다. 거대한 성곽, 붉은 벽, 황금빛 기와. 조선의 궁궐과는 비교도 안 되는 장황하고도 화려한 세계였다.

사신들과 함께 궁궐에 들어가 조공을 마친 뒤, 그는 명나라 학자들이 모여드는 태학에 머물게 되었다. 그곳은 다양한 지역에서 온 학자들이 모여 서로의 지식을 나누는 공간이었다. 천문학, 수학, 의학, 그리고 언어에 이르기까지 지식은 바다처럼 쏟아졌다.

하루는 태학의 서고에서 두툼한 책을 펼쳐 들었다. 붓으로 빼곡히 적힌 한자는 익숙했으나, 그 옆에 기묘한 곡선과 직선이 얽힌 낯선 문자가 병기되어 있었다.

"이 글자는, 이탈리아글자입니다."

뒤에서 들려온 목소리에 돌아보니, 이제껏 보아온 사람의 모습이 아니었다. 머리는 곱슬곱슬한 것이 금빛으로 빛나는 삽사리마냥 개털을 뒤집어쓰고 있었고 눈빛은 서쪽의 바다처럼 깊었다. 영실은 깜짝 놀라 한 걸음 물러났다. 그는 이탈리아에서 온 학자였다. 무역 길을 따라 명나라에까지 흘러들어온 사람이었다. 영실도 중국어를 배우고 왔지만 이 사람의 유창한 중국어에 깜짝 놀랐다.

"이탈리아글자?"

영실은 고개를 갸웃했다.

"그렇소. 우리 이탈리아 말을 글로 표현한 알파벳이요. 즉 이탈리아 문자지요."

"당신은 어떻게 중국어를 잘하십니까? 저는 조선에서 온 장영실이라는 사람입니다."

"이탈리아에서 온 안토니오입니다."

"아! 그래서 그 글자를 바로 아셨군요."

"중국에 온 지 상당히 되었습니다. 그리고 중국어는 우리 언어랑 어순이 같아 조선말보다 배우기 쉬워요."

“아, 그렇군요. 우리도 한자를 빌려 쓰고 있는데 문자들이 너무 많아 배우기 어렵습니다.”

“그냥 많은 것이 아니죠.”

“네?”

“우리 알파벳은 23자인데 한자는 다 셀 수도 없잖아요.”

“뭐라고요?”

“23자로 모든 글자를 쓴다고요? 장난이 지나치십니다.”

“이건 우리나라뿐만 아니라 여러 나라가 이런 체계를 가지고 있습니다.”

“정말입니까?”

“우리가 쓰는 문자는 표음문자로 소리 나는 대로 쓰고 글자의 모양을 보고 읽는 것이요.”

“그런 것이 가능하단 말입니까?”

“그게 왜 불가능하다고 생각하는지 나는 오히려 이해가 안 됩니다.”

“그것이 가능하다니, 정말 궁금합니다.”

“그럼, 기회가 되면 다음에 나의 숙소에 한번 오시오. 간단하게 설명해 주겠소.”

“그렇게 하도록 하겠습니다.”

영실의 가슴이 요동쳤다. 중국의 한자는 뜻을 새겨야 이해할 수 있었다. 글자를 배우려면 수년이 걸린다. 그러나 이 서양 문자는 단순한 23개의 기호라니 그것도 소리 나는 대로 쓴다니, 잘 이해가 되지 않았다.

며칠 뒤, 그는 북경의 시장을 거닐다 다시 그 이탈리아 학자를 만났다. 시장에는 비단, 도자기, 향신료, 그리고 낯선 사람들의 언어가 뒤섞여 있었다.

"아, 며칠 전 그분이시군요. 조선의 장인이라 들었습니다."

"저는 조선에서 천문학과 과학을 연구하는 사람입니다. 이번 명나라 길에는 다른 나라의 문자에 관해서도 좀 알아보고 책도 보려고 합니다."

안토니오가 물었다.

"천문학과 과학에 관한 기구를 연구하겠네요?"

"네. 별을 관측하는 기구, 시간을 재는 물건을 다룹니다."

"흥미롭군요. 우리 서쪽에도 별을 읽는 법이 있소. 그리고 그 지식은 글자를 통해 퍼져 나갔지요. 알파벳은 단순하되 강력합니다. 글자는 지식을 나르는 바람과도 같습니다."

"그럴 것 같군요. 저도 한번 배워 보고 싶습니다."

"오늘 나의 숙소로 오세요. 내가 설명해 주겠습니다."

"감사합니다. 그럼 나중에 뵙도록 하겠습니다."

그날 밤, 그는 안토니오의 숙소를 찾아갔다. 작은 책상이 있고, 그 위에는 라틴 문자로 적힌 책이 펼쳐져 있었다.

"저번에 말한 알파벳이라는 글자를 나도 한 번 배워 볼 수 있을까요?"

"물론입니다. 당신같이 유능한 사람은 아주 빨리 배울 것 같소."

"그렇게 말씀해 주시니 부끄럽습니다."

빛과 그림자

“우선 여러 나라 문자가 있는데 영어라는 문자가 가장 많이 쓰이고 꽤 논리적인 글자라 생각되어 영어부터 가르쳐 줄게요.”

“전 그쪽에 아는 것이 없으니 해 주는 대로 배우겠습니다. 허허허.”

“우선 우리는 이 문자들을 알파벳이라 합니다. 그리고 그것은 26자로 구성되어 있으니 알파벳을 익히고 그에 상응하는 소리를 가르쳐 주겠소.”

그는 영실에게 알파벳과 그 알파벳 음가를 영실에게 가르쳐주었다. 그리고 음가를 연결하여 읽는 방법을 설명했다.

장영실은 어색하게 알파벳을 따라 읽었다. 그리고 그에 상응하는 발음들을 배웠다. 뜻은 몰랐지만 간단하게 읽고 쓰는 것이 가능해졌다.

“역시 당신은 다른 사람들보다 빨리 익히는군요.”

그리고 여러 단어들을 펼쳐 놓고

“읽어 보시오.”

안토니오가 손가락으로 가리켰다. 낯설었으나, 곧 익숙해졌다. 소리와 글자가 하나로 이어지는 순간, 가슴이 뭉클해졌다.

“이것은 마치….”

그는 말을 멈췄다.

“마치 하늘의 별자리를 잇는 것 같군요. 단순한 점이 모여 별자리의 그림이 되듯, 단순한 기호가 모여 언어가 된다?”

안토니오가 고개를 끄덕였다.

“바로 그것이오. 글자는 세상을 연결하는 별자리요.”

“그런데 글자의 소리를 읽는 것은 획기적이긴 하지만 예외가 너무 많아 아쉬움이 조금 있네요.”

“그렇습니다. 그래서 그런 단어는 통째로 외울 수밖에 없어요. 그러나 그 많은 한자를 외우는 것과는 비교가 안 되지요.”

“맞아요.”

“표음문자를 쓰는 나라들 중 이 글자보다 예외가 적은 문자도 있으니 다음에 한번 접해 보시오. 내가 소개해 줄 테니.”

“네, 그러지요. 감사합니다.”

“그러면 금속활자라는 것에 대해 좀 알려 주시오.”

“저도 뭔가 도움이 되고 싶었는데 궁금한 것이 있으면 뭐든지 물어보세요.”

“뭐든지?”

“네, 제가 조선에서 금속활자를 만드는 사람입니다.”

“당신이 그 대단한 조선의 금속활자를 직접 만든다고요?”

“그저 선대에 이어받아 조금 더 나은 금속 활자를 만들려고 할 뿐입니다.”

“여기 중국 사람들의 이야기를 들어 보면 조선은 금속활자가 있어 책을 잘 만든다고 하던데 사실입니까?”

“다른 나라를 비교할 순 없으나 우린 목판본, 금속활자판본으로 많은 책을 찍어 왔는데 주변 여러 나라 사람들이 판본이 뛰어나다고 방법을 묻곤 합니다.”

“그런데 조선은 언제부터 활자판본을 만들었습니까?”

안토니오가 물었다.

　　　　　　　　　　　　　　　　　　　빛과 그림자

"금속활자 이전 700년 전에 신라 시절 우리는 무구정광대다라니경이라는 목판 인쇄본이 있었고 그를 발전시켜 고려 시대에는 직지심경 같은 금속활자본을 만들었으며, 이후 듬속활자본을 발전시켜 오고 있는 중입니다."

"오호, 700년 전에 인쇄기술을 가지고 있었단 말입니까?"

"네, 지금은 금속활자본으로 훨씬 정교해졌지요. 우리나라의 금속활자는 계속 앞으로 더 많은 책을 쉽고 정교하게 발행하기 위해서 새로운 금속활자 개발을 하고 있습니다."

"우리 사람들 사이에 조선의 금속활자는 스문만 들었지 직접 본 적은 없소."

"우리나라에 한 번 들리시면 제가 보여 드리고 책도 한번 찍어드리겠습니다."

"오오, 정말입니까? 만약 내가 그 책을 들고 유럽으로 가면 난 최초로 금속활자본 책을 가진 사람이 되겠군요."

"아, 그런가요? 허허허."

"나도 최대한 우리 문화와 글자에 대해 당신에게 많이 알려주겠소."

"서양분들은 성격이 시원시원하신 것 같군요."

"동양 사람들에 비해 좀 그렇다는 걸 중국이나 일본에 있을 때 느꼈습니다. 그런데 조선 사람들은 뭔가 좀 다른 것 같네요. 예의는 지키되 행동과 말이 호방하고 시원한 면이 있네요."

"칭찬으로 듣겠습니다."

"그럼 단어 일정을 마치고 숙소로 들러주세요. 금속활자에 대해 많은 이야기 부탁해요."

"저도 많이 배우겠습니다."

며칠 동안 장영실은 서양 학자들과 밤을 지새우며 글자의 비밀을 배웠다. 그는 깨달았다. 한자의 위엄과 깊이가 세상의 근본을 새기는 데 강하다면, 알파벳은 누구나 쉽게 지식을 나눌 수 있게 하는 길이다.

그의 마음은 격동했다. 조선으로 돌아가면 백성들도 글자를 통해 세상과 만날 수 있어야 한다. 천문을 알게 하듯, 글자 또한 하늘이 내린 도구가 되어야 한다.

귀국을 앞둔 마지막 밤, 그는 북경의 성루 위에 섰다. 겨울 하늘에 별이 총총히 빛났다. 그는 속으로 중얼거렸다.

'별은 하늘에만 있지 않다. 언젠가, 우리 백성들도 별처럼 빛나는 글자를 가질 날이 올 것이다.'

그 순간, 한글의 실마리가 그의 가슴속에 심어졌다. 그리고 이 비밀을 애절히 기다리고 있을 이도에게 가져다 줄 것을 생각하니 가슴이 뛰었다.

안토니오가 며칠 후 조선의 금속활자에 관심을 가지고 이것저것 묻기 시작했다.

"나도 그 금속활자를 만드는 방법을 알고 싶소."

"시간이 되실 때 기본원리를 설명해 드리지요."

"내일 여러 학자들이 모여 각 나라의 지식을 교류하는 모임이 있소. 그 모임에 참석하지 않겠소?"

"그러지요. 서로에게 좋은 소통이 될 것 같네요."

   빛과 그림자

다음 날 그 모임에 참석한 영실은 엄청난 정보에 놀라고 말았다. 여러 나라의 과학원리의 활용원리, 천문학 지식, 아라비아 숫자의 기막힌 단순함과 조합방식, 기하학적인 모형의 응용방식, 사물들의 화학적인 반응과 물리적 반응과 같은….

이런 것들은 영실이 지금까지 한 번도 보지 못했으며 생각도 못 해본 것들이었다. 여러 가지 언어로 서로 토론이 되었는데 영실은 조선어와 중국어 그리고 명민한 머리로 주워들은 영어 조금, 이탈리어 조금이었지만 서로서로 통역을 해 주며 서로의 지식을 교환했다.

영실에게는 주로 금속활자를 묻곤 했는데, 영실은 금속활자의 취지와 만드는 방법과 활용방법까지 잘 설명해주었다. 영실이 특별히 천문과 기계에 대해 관심이 많아 물어보며 토론하는 과정에서 영실의 독특한 접근방식과 지식에 놀라워했다. 학자들은 조선이라는 작은 나라에서 온 영실의 수용 능력과 예리한 분석력, 종합적 정보처리 능력을 높이 사고 감탄해 마지않았다. 영실은 그 지식들을 수용하는 데만 그치지 않고 기술이나 이론을 보완하고 개선할 수 있는 방법을 제시하곤 했다.

그리고 이를 눈여겨 지켜보고 있는 이가 있었다. 다름 아닌 명나라 황제에게 외국 사신들과 학자들의 행동을 보고하는 관료였다. 영실의 뛰어난 재능은 축복만이 아니라 후일 엄청난 불행의 씨앗이 될 것이라는 사실을 영실은 알지 못했다.

다시 만나는 스승님

　영실이 명나라에서 가져온 각종 천문 관련 서적들과 서양 학문과 문자들은 조선에서 놀라움과 관심을 불러일으켰다. 중국이 아닌 오랑캐라 여긴 서양에서 물리학과 화학 및 천문학 내용을 보고 사실인지 반신반의했다. 이도는 이중에 서양문자와 아라비아 숫자의 논리와 체계성에 감탄을 했다.

　"어떻게 이렇게 간단하면서 체계적인가?"

　영실도 조금 흥분된 목소리로 대답했다.

　"사실 저도 처음 설명을 듣고 놀랐습니다."

　"이는 나중 우리 글자를 만드는 데 큰 도움이 될 것 같네."

　"전하께서 만들고 싶은 글자가 간단하고 쉬운 문자라 생각되어 도움이 될 만한 문자들을 다룬 서적들을 가져왔습니다."

　"고맙네. 내가 연구하고 싶은 글자들이네."

　이도는 장영실의 공로를 치하하고 상의원 별좌에 오르게 되었다. 천민의 신분 상승에 많은 신하들의 반대가 있었다.

　"전하, 면천과 신분상승이 이렇게 쉽게 이루어지는 선례를 남기시면 신분제의 붕괴를 가져올 수 있습니다.”

한 신하가 아뢰었다.

“이게 간단한 공로란 말인가? 그가 이 나라 백성을 위해 발명한 것이 얼마나 많은가? 그리고 앞으로 진행할 것까지 생각한다면 반세기 동안의 업적을 하고도 남음이다.”

“하오나….”

신하들의 반발도 만만치 않았다.

“신분의 벽이 높아도, 그의 솜씨는 그 앞으로 우리 조선을 태평성대의 반열에 올리는데 큰 역할을 하게 할 것이다. 나는 그의 실력을 이미 보았고 많은 업적을 기대하고 있다. 그러니 아무도 나의 의지를 꺾으려 하지 마라.”

이천과 더불어 여러 가지 기구들을 완성하느라 얼마나 힘들게 연구했는지 신하들이 모르지 않았다. 하지만 그만큼 신분제에 진심인 사대부들이었다.

그러나 보수의 끝판왕인 조말생이 장영실의 뛰어난 실력과 공로 그리고 앞으로 필요한 기술을 이끌어가기 위해 영실의 관직이 필요함을 내세워 설득했다.

관직을 부여 받았지만 여전히 영실은 실무에 전념하고 있었다.

학문이 활짝 열리려면 무엇보다 기록이 서둘러야 한다는 전교를 받은 그는 새로운 금속활자를 완성하는데 온 정신을 쏟고 있었다. 늦은 밤, 풀무가 숨을 내쉬고 들이쉬는 동안, 반짝이는 불꽃이 어둠의 속살을 톡톡 건드렸다. 영실은 인쇄를 위한 준비를 하고 있었다.

문살 너머, 눈발이 조용히 내려앉았다. 고요한 정적을 깨고 밖에서 누군가 전해왔다.

"장 상의원을 찾습니다."

돌아보니, 젊은 궁녀 하나가 조심스레 문턱을 넘었다. 고운 옷이었지만, 옷은 사람의 태도를 다 감추지 못한다. 허리춤을 쥔 손가락이 가늘게 떨리고, 눈동자 깊은 데에 오래 묵은 사연이 숨어 있었다.

"누구신지?"

그 궁녀는 고개를 깊이 숙였다.

"서고 쪽에서 종이를 나르는 연이라 합니다."

연이!

그 이름이 바람처럼 영실의 머리를 스쳤다. 동래현에서 산과 들로 다니며 함께 약초를 캤던 그 연이. 보라색과 흰색 도라지꽃을 좋아하던 소녀의 이름. 영실은 그 이름을 한 번 입안에서 굴리고, 소녀의 눈매를 더듬었다. 스승의 집 마당에서 그가 다쳤을 때 걱정스레 쳐다보던 그 눈빛, 고집스레 오똑한 콧날, 다부진 입술. 시간이 지나도 마음속 깊이 남겨둔 이름이었다.

"연이냐?"

영실의 목소리가 무너질 듯 떨렸다.

"연이, 네가 어찌….”

그녀는 허리를 굽혀 인사를 마친 뒤에야, 비로소 고개를 들었다.

"영실 오라버니, 아니, 장상의원님."

"오라비라 불러라."

입술 가장자리에 얼어붙은 것이 슬픔인지 어려움인지 분간하기 어려
웠다.

"아버지가… 아버지가 의금부에 갇혀 계십니다."

영실은 눈을 감았다. 기억 속 스승의 얼굴이 떠올랐다. 영실이 다쳤
을 때 가볍게 붕대를 풀며, 매운 침향 냄새 속에 조용히 웃던 사람.

'사람의 신분을 가리지 않고 목숨은 소중하고 평등하다.'

그렇게 말하던 목소리….

여러 소문은 이미 들었던 바였다. 어느 집 상궁의 어린 자제가 기이
한 열병을 앓을 때, 스승이 피고름을 빼내려 칼을 댔다 하여 신체를
훼손했다는 모함이 뒤따랐다. 살려낸 목숨은 많았지만, 칼을 댔다는
사실만이 죄목이 되는 시대. 유열은 사형을 선고받고 차가운 감옥에
갇혀 있었다.

"너는 어떻게 된 것이냐?"

"아버지께서 그렇게 잡혀가시고 승수 오라버니와 저는 도주를 했습
니다."

"그랬었구나. 그런데 궁에는 어떻게 들어온 게냐?"

"제가 아버지의 소식이 궁금하여 지인에게 부탁을 드렸더니 신분을
숨기고 궁녀로 입적시켜 주었습니다."

"은인이시구나."

"아버지께서 그분 아드님의 목숨을 살려 주신 적이 있었습니다."

"그래? 궁에서 어떻게 지내느냐?"

"저는 걱정 안 하셔도 됩니다. 서고의 종이를 나르며, 때로는 허드

렛일을 하기도 합니다.”

그녀의 목소리는 겨울 들판의 추운 바람을 맞은 어린 새같이 떨렸다.

“오라버니, 아버지를 한 번만 보게 해 주십시오. 이 안에 들기 전 지인의 도움으로 신분을 속일 수 있게 되었지만…. 그뿐입니다. 그곳으로 아버지를 뵈러 갈 길이 없어….”

영실은 그녀의 말꼬리를 받아 무심히 주형의 살을 눌렀다. 찍어낼 작은 ‘生’ 자가 거기에 있었다. 그가 지금 붙들고 싶은 글자. 그는 틀을 들어 불빛 아래 비추며 낮게 말했다.

“연아, 내가 스승님을 찾아뵙겠다.”

“제가 아버지를 뵙게 해 주세요.”

“네가 스승님과 접촉하면 너의 신분이 들통나 너마저 위험할 수 있다.”

“그럼 아버지는 어떡해요?”

“안타까운 일이지만 스승님은 사람의 몸에 칼을 댔다. 사람을 살리기 위함이지만 이것은 조선에서는 중죄다. 그리고 스승님께서는 여러 번 행하셨으니 구명할 방법이 없을 것이다. 우선 내가 스승님을 찾아뵙고 방법이 있을지 찾아보겠다.”

“제발, 아버지를 구해 주세요.”

“노력은 해 보겠지만 그렇게 쉽진 않을 것이다. 이제부터 내가 알아서 할 테니 너는 몸조심하고 조용히 기다리고 있거라.”

“….”

의금부의 벽은 겨울 저녁의 돌처럼 싸늘했다. 영실은 허가장을 내어 보이며 들어갔다.

철문 안쪽에서 스승은 해골 같은 얼굴로 앉아 있었다. 그러나 눈빛은 그때와 변함없이 그윽하게 빛났다.

영실은 무릎을 꿇었다.

"스승님, 동래현에서 가르침을 받은 장영실입니다."

스승은 한참 동안 영실을 바라보더니 천천히 입을 열었다.

"영실아."

"네, 스승님. 제가… 제가 미련하게 늦었습니다."

"늦지 않았다. 이렇게 찾아주니 얼굴을 볼 수 있어 다행이구나."

"제가 방법을 찾아보겠습니다."

"난 내가 받을 형벌을 이미 알고 있다. 아마 너도 알고 있을 것이다."

"그래도….'

"미련하게 굴지 말고 가련다. 너와 연이에게 미칠까 걱정이다. 지금 그 아이에게는 아무도 없고 죄인의 딸인 게 밝혀지는 날 무슨 일이 일어날지 모른다."

"…."

그 목소리에는 비통함이 어려있었다. 조용히 쳐다보며 그의 다짐을 보여 주었다. 스승은 삐쩍 마른 손을 내밀어, 영실의 오른손을 덮었다.

"하필 내가 칼을 들었으니, 그들은 나의 칼만 보았을 것이다."

"그랬겠지요."

"만약 그 상황이 다시 오더라도 난 독같이 할 것이다. 산모를 살려야 했고 아기도 살려야 했다."

“스승님이라면 그럴 것입니다.”

영실은 손가락을 굳게 말아 쥐었다.

“그런데 넌 어찌 알고 나를 찾아왔느냐?”

“연이가… 궁에 들어왔습니다.”

스승의 눈빛이 아주 잠깐 흔들렸다.

미련!

그러나 이내 가라앉았다.

“보여 주지 마라. 그 아이의 눈에 이 어둠을 새기고 싶지 않다. 그 아이
를 부탁한다.”

“네, 알겠습니다.”

“전해다오. 이 편지를….”

유열은 쓴 지 좀 되어 보이는 종이를 건넸다.

“내가 건넬 수 있을 지도 모른다는 생각을 하며 이 편지를 간직해
왔다.”

영실은 가슴이 미어졌다. 그러나 내색할 수 없었다.

“그러셨습니까?”

“그리고 또 다른 부탁이 있다. 애비로 해 준 것도 없는데 또 숙제를
남기고 가는구나.”

“무엇입니까?”

“영실아, 연이에게, 너에게, 그리고 너의 글자에게 부탁한다. 나도
풍문으로 너의 소식을 듣고 있었다. 글자로 책을 인쇄하여 똑같은 글
자를 여러 번 찍어낼 수 있다고 들었다. 나는 칼을 사람을 살리기 위

 　　　　　　　　　　　　　　　빛과 그림자

해 들었다. 너도 네 글자로 사람들의 목숨을 살려라. 이 책의 내용을 글자에 옮겨 백성들에게 알게 하여 그들도 스스로 병을 고칠 수 있게 했으면 좋겠구나.”

영실은 감히 눈물을 훔치지 않았다. 눈물이 떨어지면 스승의 마음도 무너진다. 그는 땅끝을 보며 굳은 마음으로 고개를 숙였다.

“스승님, 뜻을 받들겠습니다.”

“여기 책을 가져가거라. 그리고 연이에게 주는 또 다른 유언도….”

유열이 준 책에는 그가 수년 동안 행한 임상 실험과 처치 결과를 적어 놓은 것들이 가득했다. 물론 나라에서 금기시 한 것들도 다량 포함되어 있었다.

글자로 병을 고치다

　궁으로 돌아와 연이를 만났을 때, 그녀의 손에는 마른 약재 냄새가 밴 따뜻함이 있었다.

　영실은 연이에게 한 장의 종이를 건넸다. 작은 종이에 글씨로 빼곡히 적은 어느 한 사람의 유언이 있었다.

　의금부의 착잡한 공기를 지나온 말들은 우회하여, 슬픈 글자들의 사이로 스며들어 있었다.

　'사람을 살리기 위해 사람의 몸에 칼을 댔다. 법은 나를 벌하지만, 나는 내 손을 미워하지 않겠다. 이 내용과 시술은 나라의 법을 어긴 것도 있고 의술서와 반하는 내용들이 있으니 벽서로 붙여 백성들에게 가르쳐다오. 연이야, 너는 살아야 한다. 힘든 이들을 돌보며, 네가 배운 것을 나누며. 울어도 좋다. 다만 울고 나면 등잔을 켜라. 가난한 자의 밤은 길다. 너는 길을 밝혀라.'

　영실은 그 유언장을 오래 들여다보았다. 글자가 빛나는 이유는 불

　　　　　　　　　　　　　　　　　　　　빛과 그림자

빛 아래에서만이 아니었다. 누군가의 손에 닿아 떨림 속에서 읽는 사람의 숨을 고르게 만드는 시간 속에서도 글자는 빛났다.

그리고 한 장의 유언이 더 들어 있었다. 그건 애끓는 아비가 홀로 남게 될 딸에게 보내는 편지였다.

연이야, 아비다.

너를 어미 없이 홀로 키워 미안하구나.

어미젖이 없어 동냥젖을 먹이고 그것도 모자라 밥물로 대신 먹여 언제나 몸이 약한 너를 보며 가슴이 아팠다. 제대로 먹지 못해 병치레가 많던 너를 업고 달빛을 등불 삼아 약초를 찾고 산초를 따던 그 시절이 차라리 그립구나. 건강하기만을 소원했는데 나의 이상과 꿈 때문에 너를 다시 홀로 두게 되는구나. 그러나 잊지 마라. 넌 누구보다 사랑스럽고 고운 아이라는 것을, 그리고 이 애비와 오라비에게는 세상 그 무엇보다 귀했고 이쁨을 받았다는 사실을…. 살아가다 힘든 날이 이따금 찾아올 것이다. 그럴 때마다 혼자라 생각지 말고 기억 속에 좋은 날만 생각하며 살아라. 입가에 미소가 머물 수 있게. 그러면 살아질 것이다.

나머지는 영실이에게 부탁해 두었다. 우선 영실 오라비를 믿고 따르거라. 믿어도 되는 사람이니라.

내 딸로 태어나 줘서 정말로 고맙다.

이 애비는 널 쳐다만 봐도 배가 부르고 입가에는 미소가 퍼졌다.
우리 딸 연이야!
행복하거라.

—못난 애비가—

"…."
그녀는 고개를 떨구며 한참을 말없이 서 있었다.
"부탁하셨나요?"
"응."
영실은 숨을 고르고 말을 이었다.
"그리고 말씀하셨다. 이 어둠을 네 눈에 새기지 말라고…. 행복하게 살아 달라고…."
연이는 입술을 깨물었다. 두려움과 슬픔과 분노가 동시에 떠올라 서로 뒤엉켰다.
"아버지…."
한마디를 부르고는 힘없이 그대로 쓰러지고 말았다. 영실은 연이를 안아 일으켰다. 핏기 없는 연이의 얼굴에 흘러내리는 눈물을 영실은 옷소매로 닦았다. 연이의 눈물은 그칠 줄 몰랐고 영실도 먹먹한 마음을 어떻게 다잡아야 할지 몰라 연이를 안고 말이 없었다.
그렇게 한참이 지났다. 해가 지고 어둠이 다가오자 영실은 연이를

   빛과 그림자

어깨를 부축하여 주조대 앞으로 데려갔다.

"보아라. 불이 뜨겁게 피어오르는 이 순간을. 쇠가 무너지고 다시 일어나는 것을. 이렇게 다시 일어나야 한다.'

그는 작은 주자 틀을 연이의 손에 쥐여 주었다.

"두 손으로 잡아라. 떨리더라도 오늘 우리가 찍어낼 첫 글자는 스승님의 말씀이니."

연이는 눈물 맺힌 채로 고개를 끄덕였다. 주형의 입구가 입을 벌렸고, 쇳물이 숨을 내쉬듯 들어갔다. 스승이 남긴 '사람을 살리기 위해'라는 말을 나눠 담을 수 많은 글자들이 태어나고 있었다.

밤이 깊었다. 쇳물이 식는 동안, 스승의 임상 실험을 토대로 옮긴 민간요법이 적힌 소책자 토막들이 작업대에 널브러졌다. 서고에서 밀어낸 낡은 종이들 사이로, 영실이 정돈해둔 작은 기록들이 섞여 있었다.

연이가 그 종이들을 물끄러미 보았다.

"이런 글들을… 왜 남겨 두셨나요?"

"언젠가 글자가 움직일 날을 기다렸지."

영실은 조심스레 웃었다.

"글은 칼보다 느리다. 그러나 오래 간다. 스승님이 휘두르다 멈춘 칼을, 우리는 이렇게 바꾸려 한다."

"무엇으로?"

"우리의 글과 내가 가진 손으로."

영실은 활자 하나를 들어 보이며 말했다.

"사람을 살리는 일을."

며칠 뒤, 사형집행의 날이 정해졌다는 소식을 연이에게 어떻게 전할지 몰라 망설이고 있었다.

"무슨 일이 있군요."

연이가 물었다.

"사형집행 날이 정해졌다."

연이는 걸음을 멈췄다. 미리 예정되어 있다는 것을 알고 있었는데 막상 들으니 또 가슴이 무너진다.

"…."

연이는 말없이 고개를 숙였다. 두 손을 무릎 위에 올려놓았다. 손끝이 새파랗게 변했다. 영실은 그녀 옆에 단지 앉아 있었다. 곁에 앉아 있는 것 외에 다른 무엇을 할 수 없었다. 그는 미안하다는 말을 삼켰다. 미안하다고 발음하는 것조차 미안했으니까.

"연이야."

그가 조심스레 입을 열었다.

"우리, 오늘 밤 인쇄를 하자."

연이는 놀란 눈으로 그를 보았다.

"스승님의 말을, 스승님의 글씨를— 아니, 그 뜻을 찍자."

연이는 오래 걸려 고개를 끄덕였다. 허락이었다.

그날 밤, 두 사람은 서고에서 몰래 가져온 종이와 먹을 꺼내어, 서로 눈을 바라보다 찍을 글들로 눈을 돌렸다. 숨이 멎는 것 같았다.

살아생전 스승님이 행하시고 강조하던 투박한 말투들이었다. 그런 문장들이 줄마다 자리 잡았다. 그러나 그 문장들이 닿을 손들이 바로

　　　　　　　　　　　　　　　　　　　　빛과 그림자

그런 평범한 사람들이었다.

첫 장을 찍을 때, 연이는 양손으로 판본 위를 내리누르며 숨을 멈췄다. 종이를 들어 올리는 순간, 줄줄이 이어진 글자들이 달빛으로 드러났다. 연이는 그 종이를 달빛에 비추며 이가 부딪칠 만큼 떨었다.

"아버지가….."

그녀는 말끝을 삼켰다.

"아버지가 웃으실까요?"

영실은 대답하지 못했다. 다만, 종이를 말리는 줄에 하나둘 걸어두며, 스승의 말이 마음속에 떠올랐다.

'너의 글자에게 부탁한다.'

이 부탁은 어두운 밤을 스며들게 했다.

사형이 집행되던 날. 눈은 내리지 않았다.

영실의 유일한 스승이자,

그의 삶의 방향을 제시해 준 사람.

편안한 삶을 살 수 있음에도 힘든 삶을 자초하는 사람.

바보 같은 그 삶의 태도는 세상을 바꿀 누군가에게 길을 열어 주고 있었다.

연이와 영실은 군중 속에서 눈물을 삼키며 지켜볼 수밖에 없었다. 소리 없이 오열하는 연이는 몸을 가눌 수 없음에도 곳곳하게 서서 아버지의 마지막을 눈에 담으려 애를 쓰고 있었다. 참형을 당하는 아버지를 연이가 볼 수 없게 영실은 그녀의 눈을 손으로 가리고 영실도 눈을 감았다.

그렇게 고귀한 삶은 이슬로 사라졌다.

햇빛이 눈부시게 드는 조용한 언덕에 유열을 묻었다.

"스승님, 그곳에서는 따뜻하고 편안한 삶을 사세요. 연이는 제가 지킬 것입니다. 맘 편히 쉬십시오."

궁으로 돌아온 두 사람에게 침묵이 길게 이어졌다. 침묵은 공기 속에서 해 질 녘까지 떠다녔다. 연이는 그날 내내 말하지 않았다. 그녀는 작업대 한 귀퉁이에 앉아 건조줄에 걸린 종이를 접었다 펼치며, 매듭을 지었다 풀었다. 영실은 한 번도 그녀의 손을 막지 않았다.

해가 기울고 초승달이 떴다. 영실은 서랍에서 작은 꾸러미를 꺼내어 연이 앞에 놓았다. 누런 형겊에 싸인 서툰 표지의 얇은 책과 여러 장의 종이들.

《사람을 살리기 위한 작은 서책》

저자도, 발행인도 적혀 있지 않았다.

연이는 그것을 양손으로 받쳐 들었다.

"이걸… 어디에?"

"먼저, 너 자신에게."

영실의 목소리는 낮고 고르게 흘렀다.

"그다음, 네가 만나는 아이들과 여인들과 힘없는 이들에게."

연이는 책장을 넘기며 조심스럽게 웃었다. 어둠 속에서 갓 불붙인 등불처럼 희미한 웃음이었다.

"내 네가 기거할 만한 곳을 마련해 두었으니, 그곳에서 네 아버님의 뜻을 받들어 글로 사람들을 살려라."

　　　　　　　　　　　　　　　　　빛과 그림자

“네.”

“종이가 떨어지지 않게 보름마다 가져다 줄 테니 걱정 말거라. 그리고 내가 높으신 분께 부탁해 놓았다. 넌 잠시 몸이 아파서 궁 밖에서 지내는 것으로 처리해 두었다. 그리 알고 처신하고 있어라.”

“네, 오라버니.”

“내가 조만간 들릴 테니 넌 스승님께서 부탁하신 일을 하고 있거라.”

“오라버니.”

“응?”

“우리가 사람을 살릴 수 있을까요? 글자로.”

“스승님께서 부탁하신 일에 나는 의심을 하지 않는다.”

“우리는 칼을 들지 않고도 매일 조금씩 살릴 것이다. 살려낸 마음이 또 다른 마음을 살리고, 그 마음이 또 다른 손을 움직일 것이다. 오래 걸리겠지. 그러나 오래 가겠지.”

“글자가 좀 더 쉬우면 더 많은 백성들에게 도움이 될 텐데 글을 아는 사람만이 활용할 수 있어 안타까워요.”

“글을 아는 이가 도와주겠지….”

말을 하면서도 그도 아쉬움이 남는 건 어쩔 수 없었다.

연이는 고개를 끄덕였다. 그녀는 꾸러미를 소매 속 깊숙이 넣었다.

“오라버니, 갑니다.”

그녀는 일어서며 짧게 숨을 골랐다.

두 사람은 눈길이 마주치자 곧바로 피했다. 대신 그들은 각자 손으로 다른 것을 잡았다. 연이는 책과 종이를, 영실은 금속활자를.

봄이 오기 전, 서늘한 바람에 실려 온 이야기가 궁 안에 잔물결처럼 퍼졌다.

무서운 병이 돌던 동네에서, 젖먹이가 열이나 앓았다가 기적처럼 나았다는 소식.

어느 부엌에서 물을 덜 끓였다가 식중독이 돌 때, 어머니가 아이에게 매실을 끓인 물을 먹였더니 살았다는 소식.

이름 모를 종이에 적힌 글자를 따라 해보았을 뿐이라는 이야기.

벽서를 붙인 자가 누구냐 묻는 소리에 사람들은 고개를 저었다.

밤에 몰래 붙여진 종이였다더라.

소문만 무성했다.

그 소식을 들은 밤, 영실은 다시 주조를 앞에 섰다. 활자의 온기가 손끝에 닿는 순간, 그는 느꼈다. 누군가의 생이 어딘가에서 아주 조금 길어지고 있음을.

문득 고개를 들면, 연이가 작업대 끝에 서 있었다. 그리고 스승이 그를 보고 흐뭇하게 웃고 있었다. 사람을 살리는 모든 일은, 결국 한 사람의 숨을 다른 사람의 숨으로 이어주는 다리 위에서 이루어진다는 것을 그는 알았다. 연이가 있는 동쪽 하늘을 바라본다.

연이는 벽서가 붙은 골목길을 지나 겨울 끝의 서쪽 하늘을 올려다보았다. 그들의 하루가 다시 시작되고 있었다.

    빛과 그림자

발명의 르네상스

중국 유학에서 돌아온 후 장영실은 궁궐의 뜰을 밟으며 하늘을 자주 올려다보았다. 유학지에서 본 거대한 혼천의와 간의가 그의 눈에 아직도 선명했다. 별을 잇는 고리와 바퀴. 그 정밀한 계산. 그는 조선의 밤하늘에도 그와 같은 천체의 기구를 세워야 한다는 갈망을 가슴에 품었다.

이도는 그를 불러 세웠다.

"영실아, 너는 하늘을 살피는 눈을 가졌다. 조선은 백성을 위한 나라다. 농사 또한 하늘을 알아야 풍년을 기약할 수 있지 않겠느냐?"

영실은 깊이 절하며 대답했다.

"전하, 하늘의 이치를 기구에 새겨내어 조선의 하늘을 밝히겠습니다."

혼천의와 간의의 제작.

영실은 장인들과 함께 숯을 태워 쇠를 달구고, 밤낮없이 별의 위치를 계산했다. 그는 중국에서 본 기구를 그대로 베끼지 않았다. 조선의 위도와 계절, 별의 길을 직접 관측하여 새롭게 도안을 그려냈다.

“별은 매일 같은 자리에 있지 않습니다. 우리가 만든 기구는 우리 땅의 하늘을 따라야 합니다.”

그의 말에 장인들은 고개를 끄덕였다.

마침내 혼천의가 세워졌다. 구리로 만든 고리들이 얽히고, 별과 해와 달의 길을 표시한 바퀴가 돌아갔다. 이도는 그 기구 앞에 서서 환하게 웃었다.

“하늘을 돌리는 손길 같구나. 이제 우리 학자들도 별의 움직임을 더욱 똑똑히 알 수 있겠지.”

그러나 이도는 만족하지 않았다.

“하늘의 별뿐 아니라 시간 또한 백성을 위해 바르게 알려야 한다.”

이에 영실은 다시 연구에 몰두했다. 그는 물의 흐름으로 시간을 재는 장치를 구상했다. 엄지손가락 크기의 한 구멍으로 떨어지는 물방울, 그것이 그릇을 채우면 추와 바퀴를 움직이고, 마침내 쇠구슬이 굴러 종을 치게 했다.

밤을 새우던 어느 날, 드디어 장치가 제대로 작동했다. 구슬이 또각 소리를 내며 떨어지고, 종이 울려 퍼졌다. 장영실은 그 소리를 들으며 눈시울이 붉어졌다.

“이제 조선의 백성들도 하늘뿐 아니라 시간의 질서 속에서 살 수 있으리라.”

이도는 그 장치를 ‘자격루’라 이름 붙였다.

“이제 관리들은 제때 조정을 열 것이며, 백성 또한 해와 달뿐 아니라 물의 흐름으로 시간을 알게 될 것이다.”

　　　　　　　　　　　　　　　　빛과 그림자

앙부일구, 해가 새기는 그림자.

이도는 거듭 명했다. 자격루는 시간을 습도와 날씨에 따라 약간의 차이가 있었다. 시간이 흘러가는 것을 눈으로 확인할 수 있게 해시계를 만들기를 명했다.

"해시계에는 무엇으로 시간을 알 수 있겠느냐?"

장영실은 대답했다.

"그림자입니다. 해가 새기는 그림자입니다."

"그렇지. 그럼 자네는 해가 그리는 그림자의 중심과 그림자를 어떻게 표시할 생각인가?"

그는 반구 모양의 돌에 시각선을 새기고, 중심에 세운 막대가 그림자를 드리우게 했다. 이름하여 '앙부일구'. 누구나 뜰에서 해만 바라보면 그림자의 위치로 시간을 읽을 수 있었다. 궁궐 앞마당에 세워진 앙부일구를 본 백성들은 놀라움과 기쁨으로 웅성거렸다.

"이제 장터에서도 시간을 알 수 있겠구나."

"장영실 나으리 덕분이지."

"이런 시계가 필요하다는 것을 아시고 고안하신 전하가 안 계셨으면, 시작도 못 했지."

별과 시간의 나라.

이도는 영실을 불러 술 한 잔을 내렸다.

"너는 하늘과 땅을 이어 백성에게 주었구나. 너의 손끝에서 조선은 별과 시간의 나라가 되었도다."

"전하의 백성을 사랑함이 하늘을 감동시키시는데 저 같은 사람 하나

감동시키는 것은 아무것도 아니지 않습니까?”

“자네 은근히 나를 치켜세우는가? 나를 칭찬으로 단련시켜 자꾸 일을 하게 만드니 말이야. 이젠 자네가 이 자리에 있어야겠어.”

“무슨 그런 말씀을….”

영실은 머리를 숙였다. 그러나 그의 가슴은 불타고 있었다. 아직도 만들고 싶은 것이 많았다. 더 정밀한 천문기구, 더 정확한 시계. 조선의 하늘을 끝까지 밝혀 내겠다는 갈망이 그를 잠 못 이루게 했다.

이도는 빗방울이 창호를 두드리는 소리를 들으며 조용히 입을 열었다.

“영실아, 백성들의 얼굴을 보았느냐? 오늘은 비가 와 다행이지만 매년 이런 요행을 바랄 수 없다.

어제까지 가뭄에 타들어 가는 논밭을 어찌할 수 없어 발만 동동 구르는 그 모습이 참으로 가슴을 저미더구나.”

“전하, 제 눈에도 그들이 보였습니다. 해마다 비가 올 때마다 하늘에만 의지하다 보니 곡식이 늘 불안정합니다. 어떤 해는 물이 넘치고, 어떤 해는 모자라니 농사가 들쑥날쑥합니다.”

“그렇다. 나라의 근본은 백성이고, 백성의 삶은 곡식에 달렸는데 어찌 비와 물을 그냥 하늘의 장난으로만 여기겠느냐? 비가 얼마나 내렸는지 알 수 있다면, 물길을 막고 열기를 헤아려 대비할 수 있지 않겠느냐?”

“전하, 옳은 말씀이십니다. 허나 하늘이 내린 물을 어떻게 헤아릴 수 있을지….”

　　　　　　　　　　　　　　　　빛과 그림자

"그래서 너를 부른 것이다. 너는 해시계와 물시계도 만들어낸 이 나라의 큰 재주꾼 아니더냐. 하늘의 물도 네 손으로 잴 수 있지 않겠느냐?"

"물… 을 잰다. (고개를 숙여 곰곰이 생각하다가) 만약 비가 내릴 때마다 그 물을 모아 높이를 잴 수 있다면… 가능할지도 모르겠습니다."

"높이를 잰다? 자세히 말해 보아라."

"우물처럼 깊이가 일정한 그릇을 만들고, 빗물이 그 속에 모이면 그 높이를 눈금으로 표시하는 것이지요. 마치 물시계에서 물이 차고 빠지는 양을 표시하는 것처럼 말입니다."

"옳다! 물을 담아 그 양을 재면 하늘이 내린 비의 크기를 알 수 있겠구나. 그래, 그릇은 어떠한 모양이 좋겠느냐?"

"둥글고 깊어야 할 것입니다. 그래야 바람에 쉽게 쓰러지지 않고, 물이 모이는 양이 일정하게 유지됩니다. 또한 청동으로 만들면 오래 견디고 부서지지 않으니 좋겠습니다."

"청동이라… 나라 곳곳에 두어도 쉽게 썩지 않겠구나. 어디에 두면 가장 알맞을까?"

"강수량을 알고자 하는 지역에 두되, 땅이 평평하고 비가 고이지 않는 곳이 좋겠습니다. 그래야 하늘에서 내린 비만을 온전히 잴 수 있습니다."

"영실아, 우리가 지금 만드는 것은 단순한 기구가 아니다. 백성의 삶을 살릴 그릇이요, 나라의 근본을 지킬 도구다. 이 비를 재어, 어느 고을이 흉년에 시달리는지, 어디가 풍년에 기뻐하는지 알 수 있다면,

곡식을 나누고 백성을 구할 수 있지 않겠느냐.”

“전하, 장영실 그 뜻을 받들겠습니다. 하늘의 뜻을 재고, 땅의 곡식을 살리는 그릇, 반드시 만들어 내겠습니다.”

“뭐가 그리 거창하게 말하나? 그러나 네가 있어 내 마음이 든든하구나. 우리 백성은 하늘이 다스리는 듯 보이나, 결국 그 하늘을 헤아리는 것도 사람의 일이다. 그대와 함께라면 백성의 눈물이 줄어들 것이다.”

밤낮으로 심혈을 기울여 연구를 하던 영실은 청동을 녹여 빚은 원통형의 그릇을 이도 앞에 내어놓았다.

“전하, 드디어 측우기가 완성되었습니다. 안쪽에 새겨진 눈금으로 비의 높이를 잴 수 있습니다. 비가 그치면 눈금을 확인하고 기록할 수 있지요.”

이도는 손으로 그릇을 쓰다듬으며 감탄했다.

“이토록 정밀할 수가…. 영실아, 네 손끝에 담긴 것은 단순한 쇳덩이가 아니구나. 백성을 살리고자 하는 너의 마음, 그리고 내 뜻이 함께 담겼다.”

“전하, 이 작은 그릇 하나가 백성들의 삶을 바꿀 수 있을까요?”

“백성의 눈물을 닦아줄 수 있다면, 그것으로 이미 그들의 삶을 바꾼 것이니라.”

그날부터 조정은 매 고을에 측우기를 설치하고, 비가 내릴 때마다 그 양을 기록하였다. 이도는 그 기록을 모아 백성들에게 곡식을 공평히 나누고, 가뭄과 홍수를 미리 대비하였다.

“영실아, 백성들이 이제는 더 이상 하늘만 바라보지 않고, 우리의 기

　　　　　　　　　　　　　　　　　　　　　　　빛과 그림자

록을 바라보는구나. 이것이야말로 백성을 사랑하는 길이 아니겠느냐.”

“전하, 백성들의 웃음소리가 제 가슴에 울립니다. 그 웃음이야말로 전하에 대한 백성들의 마음이 아니겠습니까?”

이도는 하늘을 올려다보며 조용히 중얼거렸다.

“그 하늘의 물을 재었다. 그러나 실상은 백성의 눈물을 헤아린 것이니라. 백성들이 농사 시기를 놓치면, 그 고통은 임금의 탓이 될 터. 넌 백성과 나를 도와 우리에게 빛을 보여 주었다.”

영실은 눈시울이 뜨거워졌다.

“전하의 심중에 백성이 없고 구상이 없었었다면, 제 손이 무슨 빛을 보았겠습니까.”

이렇게 하여 조선의 하늘은 이제 막연한 두려움이 아니라, 기록되고 대비할 수 있는 하늘이었다.

그날 밤, 이도는 별빛을 올려다보았다. 하늘은 끝없이 펼쳐져 있었고, 그는 그 끝없는 신비를 조선의 기구로 새겨 넣을 준비가 되어 있었다. 그리하여 조선의 측우기는 세상에서 처음 등장한 측우기가 되었다.

두 천재, 글자 속으로 들어가다

　영실이 명나라로 떠나던 날 이도는 그를 조용히 불렀다. 집현전의 불빛은 꺼지지 않았다. 그들은 밤을 지새우며 토론했고, 영실은 명나라에서 살펴보아야 할 것을 적어 둔 종이를 매만지고 있었다. 임금의 눈빛은 여느 때보다 깊고, 엄중했다.

　"영실아, 하늘만 살펴 무엇하랴. 땅 위의 백성이 말과 글을 모르면, 하늘이 준 이치를 알 길이 없으니…. 백성을 살릴 길은 바로 글이다."

　이도의 목소리는 낮았으나 무게가 있었다.

　"백성은 말을 하되 글로 적지 못한다. 중국의 한자를 빌려 쓰니 뜻은 담을 수 있어도 소리는 잃어버린다. 그러니 소송장을 쓰지 못해 억울하게 당하는 자가 많고, 생을 마감할 때 세상에 남기고 싶은 수많은 정보도 남기지 못한다. 글은 나라의 뿌리요, 백성의 숨결이다."

　영실은 고개를 숙였다. 그는 이미 수많은 기구를 만들었지만, 글자라는 세계는 낯설었다. 그러나 이도의 뜻을 헤아리니, 그 역시 수많은 정보와 지식 속에서 무엇을 가져오고 무엇을 해야 할지 가슴이 뛰었다.

　유학에서 돌아와서 이도와 영실은 집현전에서 또다시 영실이 가져

빛과 그림자

온 자료들을 이도 앞에 내려놓고 그 글자에 대해 논의를 하고 있었다.

"몇 년 동안 밤잠을 설치며 고민하신 글자가 어떤 글자인지 궁금하옵니다."

"난 욕심이 많은 사람이라 조건들이 좀 많아."

"어련하시겠습니까? 전하시온데…."

"내가 만들고 싶어 하는 글자의 특성을 나열해 보겠다. 만약 너의 생각에 이 특징들에 보완 할 수 있는 것이 있다면 말해다오."

"네, 그러하겠습니다."

"우리의 문자는 우리의 소리를 표현해야 한다.

그리고 배우기 쉽게 하려면 글자가 복잡하지 않아야 한다.

읽기뿐만 아니라 쓰기에도 편하고 쉬워야 한다.

철학적 의미가 있어야 한다. 왜냐하면 글에 존귀함과 평등함을 가지고 있어야 누구나 사용하며 무시받지 않고 오래 오래 쓰일 것이다.

조화가 있어야한다. 그래야만 어우러짐에 문제가 없고 발음이 파괴되지 않아 그 언어의 명맥이 길어진다.

우리말뿐만 아니라 모든 소리를 표현할 수 있어야 한다. 즉 자연의 소리를 적을 수 있는 글자를 말한다."

글자를 아는 사람

글자를 모르는 사람

전라도 사람

함경도 사람

경상도 사람

외국에서 온 사람

이들의 발음을 다 표현할 수 있는 글자를 만들 것이다.

그리고 위에 언급한 사람들이 누구나 그 글을 보았을 때 발음을 유추할 수는 이해하기 쉬운 글자를 만들려고 한다."

"그것이 가능하겠습니까?"

"그것이 제일 난제일세."

"방법을 찾아야하겠군요."

"그래서 발음기관을 모양 내어 하면 가능하지 않을까 생각하고 있다네."

"너무 완벽하게 하려하시면 전하 치세에 불가능할 것 같은데요."

"걱정 말게. 후원군이 있어서 가능하다네."

"너무 욕심 많은 글자라 후원하고 싶지 않은데요."

영실이 맥 빠지게 웃었다.

"결론을 말하자면 나의 문자는 하늘의 소리, 백성의 소리, 땅의 글자를 만드는 것이다."

그는 연구한 자료들을 책상 위에 올려두고 고민을 하고 있었다. 벌써 3년째 매달리고 있었다.

"전하, 얼마 전에 어의가 침전에 들렀다 들었습니다. 용체를 살피며 연구하십시오."

"전에 자네가 그러지 않았나? 내 치세에 글자 구경 못 할 수 있다고."

"그걸 지금까지 생각하고 계셨습니까?"

"그러니 어찌 하겠나? 열심히 해야지."

빛과 그림자

“전하, 제가 명나라에서 서양인들을 만나 특별한 글자를 쓰는 사람들을 만났습니다.”

“그들은 어떤 말을 쓰던가?”

“그들은 자기 나라말을 소리나는 대르 쓰고 있었습니다. 그런데 표기가 정말 놀라웠습니다.”

“저번에 명나라에서 가져온 글자들 말인가?”

“간단하기도 하지만 글자가 23자나 26자 정도밖에 되지 않는데 모든 말을 다 담아냈습니다.”

“그게 정말 가능하단 말인가?”

이도는 의구심 가득 찬 목소리로 물었다.

“사실입니다. 제가 나라별 글자에 관한 서적과 그 글을 배워왔습니다.”

“오호. 역시 자네는 그럴 줄 알았네만 생각보다 대단하군.”

“전하의 일이면 제 일이니까요.”

“고마우이. 고마워.”

이도의 눈과 입이 기쁨으로 웃었다.

그리고 당장 영실이 가져온 서적을 빼앗아 보기 시작했다.

“자네 오늘부터 나에게 이 외국 글자들을 가르쳐 주게.”

“네, 알겠습니다.”

외국어 삼매경에 빠져 있던 어느 오후, 이도는 갑자기 물었다.

“이 글자들은 자네가 가르쳐 준 발음과 다른 것도 있고 예외가 너무 많아 일반적인 규칙이라 하기 힘든 언어도 있네. 자네도 알고 있었는가?”

“네. 그들은 예외적인 부분들은 그냥 통째로 외운다고 했습니다.”

“적은 수의 자모로 글자를 읽고 쓰는 건 좋은 데 이렇게 예외가 많아 체계적인 규칙이라 말하긴 좀 무리가 있군.”

“저도 그렇게 생각되었습니다.”

“그리고 소리의 다양성이 부족하군. 이 자모로는 외국어나 자연의 소리를 다 표현하기 어려울 것 같네. 예를 들어 깜짝이나 산기슭 같은 격한 소리나 받침이 많은 소리는 힘들겠어.”

“내가 새로 만드는 소리는 세상의 모든 소리를 다 담아 보려 하네.”

“그게 가능하겠습니까?”

“그 소리를 들을 수만 있다면 즉 존재한다는 사실만 안다면 만드는 것은 얼마든지 가능하지.”

이도와 영실은 궁 안의 소리뿐만 아니라 궁 밖의 백성의 소리와 방언에도 관심을 기울이고 자연에서만 나올 수 있는 소리에도 귀를 기울였다.

최만리가 그런 이도의 행동을 살피고 있었다. 이도는 신하들과 명나라에서 글자를 만드는 것을 탐탁지 않게 여기고 있다는 것을 알고 있었다. 최만리의 행동을 모를 리 없는 이도였다. 그래서 최대한 조용히 일을 진행하려고 영실과 단둘이 진행을 하는 경우가 많았다.

어느 날 새소리 풀벌레 소리를 기록하다가 인가에서 멀리 떨어진 곳으로 가게 되었다.

이도는 무거운 몸을 풀밭에 누워 버렸다.

“이게 어인 일이옵니까?”

영실은 놀라 물었다.

"영실 자네도 한 번 누워보게 하늘은 파랗고 흰 구름은 떠다니고 이 보다 더 좋은 그림은 없네."

"그래도?"

"내 친구 영실, 누워 보게. 바람이 시원하기 뺨을 만지는 게 여간 좋은 게 아니야."

"그럼 누워 보겠습니다."

"난 태어날 때부터 마음을 나눌 진정한 친구가 아무도 없었네. 그런데 자네 같은 친구가 있어 얼마나 좋은지 아나?"

이도는 헛헛하게 웃더니 문득 엉뚱한 부탁을 했다.

"자네, 내 이름 한 번만 불러 주게. 친구."

"이도, 나의 친구! 훌륭한 성군이 되어 주거."

"또 뜸들이며 '아니됩니다.' 몇 번 하다가 나올 줄 알았는데 오늘 어쩐 일인가?"

"오늘은 나도 이런 멋진 친구의 당당한 친구가 돼 보고 싶었네."

"하하하!"

"하하하―"

"아, 이대로 시간이 멈춰 버렸으면 참 좋겠어."

이도는 그대로 눈을 감았다.

"이제 저는 불충죄로 의금부로 가는 것입니까?"

"나중에 가세. 조금 더 누워 있다가."

이도는 영실의 손을 꼭 잡았다. 그의 손은 듬직하고 따뜻했다.

왕자가 된 아이

눈발이 서쪽 공방의 지붕 위에 사각사각 쌓였다. 관료들이 퇴청한 뒤에 장영실은 제일 늦게 궁을 나섰다. 하늘의 별을 보러 올려보다가 눈송이가 그의 얼굴에 날려 눈을 감았다. 그리고 발걸음을 연이의 집으로 돌렸다. 갑자기 동래의 초가집을 떠올렸다.

'어느 날은 뒤에 멧돼지가 달려온다고 승수와 영실이 장난을 쳐서 연이는 놀라서 도망가는 모습.

낄낄 웃는 그들을 보고 당했다는 분노와 놀람이 뒤섞여 울던 모습.

똑같이 거짓말하고 승수와 영실이 도망가는 시늉을 하니 또 당하며 승수와 영실을 때리려고 달려들던 모습.'

그 순간의 모습이 아련하게 떠올랐다.

영실은 그렇게 배꼽을 잡고 웃은 적이 없었다. 걱정 하나 없이 행복한 웃음이었다. 그 무엇과도 바꾸고 싶지 않은….

그렇게 해맑았던 연이지만 자기를 살리기 위해 포졸을 유인하여 도망치다가 붙잡혀 비명을 지르며 쓰러져 가던 오라비와 옥고를 치르고 핼쑥한 모습으로 처형을 당한 아버지를 잊을 수 없는 멍에가 되어 맘

편한 날이 없었다.

그나마 살아갈 수 있는 힘은 사람들을 살리라는 아버지의 유지를 따라야 하는 것과 영실의 보살핌 덕분이었다.

연이가 밤하늘을 올려다보고 있을 때 집 앞에서 영실이 종이와 미음을 들고 들어오고 있었다.

"추운데 왜 나와 있느냐?"

"그냥, 그러고 싶어서요."

"밤기운이 차가우니 어서 들어가자."

"네."

문틈으로 찬 기운이 스며들 때, 영실이 조심스레 들고 온 미음 냄새가 방안을 덮었다.

연이가 작은 등잔을 내려놓으며 말했다. 스승의 딸이자, 이제는 세상에 홀로 남은 여인. 그는 대답 대신 그녀의 손목을 어루만지며 진맥을 했다. 허약해진 연이를 위해 수시로 찾았다.

"손이 얼었어요."

"난 괜찮다."

"연이야."

"네, 오라버니."

"내 경황이 없어 물어보지 못했는데 오라비 승수의 근황이 궁금하구나."

연이는 고개를 푹 숙이고 말을 잇지 못했다.

영실은 괜히 물어본 건 아닌가 생각이 들었지만 물어보지 않을 수 없었다.

“아버지가 잡혀가시는 날 밤, 아버지께서는 우리에게 지인의 집으로 도망가서 숨으라 하셨어요. 도망가는 우리를 포졸들이 쫓았고 오라버니는 저를 좁은 길로 가도록 유인하다가 포졸들 손에 그만….”

결국 연이의 눈에서 조용히 그러나 뜨거운 눈물이 흘러내렸다. 영실은 말없이 그녀를 안아 주었다.

“네가 많이 힘들었겠구나.”

“흑흑흑.”

“스승님도 그렇게 가시고…. 아무도 없는 곳에 너를 두고 가실 때 오죽하셨을까?”

“아버지는, 제가 울면 싫어하셨어요.”

그녀가 말했다.

“제게 어둠을 보지 말고 밝음을 보려고 해라 그러면 언젠가 그 밝음이 너를 지켜줄 것이라고 하셨어요.”

영실은 웃었다.

“내 스승님이, 네 아버지가 그러셨겠지.”

“허—읍.”

“세속의 눈으로 본다면 참 힘든 삶을 사셨을지 몰라도 스승님은 한평생 자기의 소신껏 사셨으니 ‘한바탕 잘 살다 가는구나’ 생각하시고 떠났을 게다. 너무 슬퍼하지 말아라.”

“정말 그랬을까요?”

“니가 더 잘 알고 있지 않느냐?”

"아버지 성품으로 그러실 것 같네요."

"그리고 네 곁에 언제나 내가 있을 테니 뭐든지 힘든 점이 있으면 말을 하거라."

"영실 오라버니를 만났으니 아버지가 맞는 말씀을 하신 것 같아요."

"그리 말해 주니 내가 고맙구나."

"오라버니 이제 자주 오지 마세요. 나랏일을 하시느라 많이 힘들 텐데 제까지 보태면 어찌합니까?"

"그런 소리 말거라. 내가 지금 이 자리에 있는 것도 스승님 덕분이다. 그리고 스승님 마지막 유언이 너와 책이었다. 너는 어찌하여 나를 배은망덕한 놈으로 만드는 게냐?"

"오라버니께서 저에게 여태까지 해 주신 것만으로도 충분합니다. 그리고 오라버니께선 소싯적에 저에게 행복한 기억들을 많이 남겨 주었습니다. 그것들이 제가 살아가면서 제 삶의 난간을 헤쳐 나갈 때마다 큰 힘이 되었습니다. 아무리 힘들어도 포기하지 않고 견디게 해 준 남기고 싶은 순간들을…."

"나 또한 그러한 것을…."

"?"

"네가 나보다 낫구나. 난 맘에 담아두기만 하고 말할 용기도 없었다."

핏기 없어 하얗던 연이 볼에 복숭아 빛이 돌들었다.

"고마워요. 오라버니, 그렇게 말해 줘서. 저는 나만 그런 줄 알았어요."

“이제부터 내 너를 위해 뭐든지 할 테니 아무 걱정 말고 건강에만 신경 쓰거라.”

연이의 눈에 눈물이 흘렸다.

“네가 두고 간 도라지꽃이 얼마나 원망스럽던지….

그래도 흰 도라지꽃과 보랏빛 도라지꽃을 볼 때면 네 생각이 나더구나.”

“아— 그 도라지꽃.”

“그래, 생각나는 모양이구나.”

“그걸 기억하세요?”

“아직도 도라지꽃을 좋아하느냐?”

“네.”

연이는 조용히 그의 눈을 바라보았다.

영실도 연이를 지그시 내려보았다.

수년 동안 그리움으로 남아 있던 사람.

손끝의 온기.

그 작은 떨림.

복숭아 빛 볼 사이의 빨간 입술이 눈에 들어왔다.

그리고 영실은 너무나 그리워하던 연이를 격하게 품었다.

소쩍새가 깊은 밤이 되도록 울었다.

그렇게 그는 그녀를 돌보는 것이 아니라, 그녀와 함께 행복해지는 법을 배워 갔다. 혼자였을 때보다 세상은 찬란했고 소소한 작은 일을 해도 서로 미소 짓게 했다. 영실은 오랫동안 가슴에 슬픔을 간직하고 살아온 연이의 얼굴에 환한 미소를 한 번이라도 더 짓게 하고 싶었다. 그런 그의 마음을 알기에 연이는 그의 행동, 몸짓, 말 한마디를 놓치고 싶지 않았다.

눈에 손에 마음에 소중히 새겼다. 어느 날 일을 마치고 온 영실의 손에 노란 들국화가 들려 있었다.

"오다가 길가에 하도 소담하고 이쁘게 피어 있기에 꺾어 왔다."

연이의 얼굴이 환해졌다.

"내 생각 났나 보네? 오라버니."

영실의 얼굴을 빤히 보며 놀린다.

"그냥 꺾어 왔다니까."

"각자 생각하고 싶은 대로 생각하면 되지 뭐. 난 내 생각한 걸로 해야지. 풋!"

요즘 연이는 어린 시절 밝은 그녀의 모습을 찾아가고 있었다. 반말을 할 정도로 친해지고 편안해졌다.

"그 꽃이 그렇게 좋아?"

"너무, 이쁘고 향도 좋고 제일 좋은 건 오라버니가 준 거잖아."

"바람결에 타고 오는 향이 너를 닮았더라."

"왜?"

"화려하지 않지만 가까이 가면 은은하다 톡 쏘는 강력한 향이 퍼지거든."

"정말?"

그리고는 화병에 들국화를 꽂으며 고개를 돌려 영실을 향해 미소 지었다.

"고마워요."

"오라버니께 잘만 하면 매일 꺾어 주마."

"약속 꼭 지키는 거다."

"그래, 알았다."

"난 매일 이렇게 살았으면 좋겠다."

"그러면 되지."

그 무렵 연이는 영실이 잠도 자지 않고 연구에 몰두하여 몸을 버릴까 걱정하였다. 그리고 막연히 불안한 미래가 다가올 것 같았다. 처음으로 잔소리를 했다.

"요즘 너무 힘들게 일을 하는 것 같아. 몸 상하면 어떻게 해?"

"전하께서 더 열심히 하시니 나야 별 수 있나? 허허허."

"앞만 보지 말고 옆도 보고 뒤도 돌아다보며, 오라버니가 지금을 좀 더 즐기고 행복했음 좋겠어."

"나중에 보면 되지."

"나중이 우리에게 존재할지 어떨지 알 수 없는 우리네 인생. 그냥 지금 내 마음이 가는 대로 한번 살아 보고 싶어. 오라버니도 그러면 안 되는 거야?"

"연이야?"

영실은 연이의 이런 모습을 처음 보았기에 당황했다.

"백 년을 똑같은 생각 똑같은 생활을 한다면 그 똑같은 하루를 산

                                                               빛과 그림자

것과 뭐가 다르겠어?”

“너 조금 흥분한 것 같다.”

“난 하루를 살아도 내가 진정 하고 싶은 것들을 해 보고 싶어. 그럼 난 그 백 년을 바꿀 수 있어. 난 이미 그 하루로 백 년을 산 거니까?”

“뭐 하루와 백 년을 바꿀 수 있다고?”

“응 난 그러고 싶어.”

“하—”

“오라버니를 보면 끝자락이 보이지 않는 목표를 향해 달려가는 것 같애. 그 끝에 벼랑이 있을지 모르고.”

“되었다. 사내의 큰 꿈을 알지 못하면서 뭘 안다고….”

그리고는 문을 열고 나가 버렸다.

봄이 올 무렵, 연이는 조용히 그의 손을 잡아끌었다. 미숙한 무화과처럼 배 속에 깃든 작은 생명을, 말 대신 눈빛으로 건넸다. 영실의 기쁨은 이루 말할 수 없었다.

“고맙다. 연이야. 나에게 이런 기쁜 일이 생기다니….”

연이를 안으며,

“아기의 이름을 뭐라고 짓지?”

“풋, 얼마나 되었다고?”

둘이 한바탕 웃었다.

행복했다. 그러나 행복을 가로막는 그림자도 깊었다. 왕의 핏줄이 아닌 궁녀가 낳은 아이는 설령 아비가 하늘의 이치를 꿰는 재주를 지녔다 하더라도 법과 제도 아래 죄인이었다.

그 밤, 영실은 물시계 옆에서 한참을 앉아 있었다. 물방울이 한 알씩 떨어질 때마다 그는 스스로에게 물었다. '시간이 이렇게 공평하다면, 왜 사람의 인생은 꼬여 있는 걸까?' 그는 답을 찾지 못했다.

소문은 바람보다 빠르다. 어느새 연이 주변에 수군거림이 돌았다.

'요금문을 나간 궁녀가 임신을 했다'는 소문이 퍼져 왕의 귀에까지 닿았다. 이도는 영실을 불렀다. 어좌 앞에서 영실은 가슴 깊은 곳의 비밀을 꺼내듯 정황을 밝혔다. 무릎을 꿇고 죄를 청했다.

"그대의 손은 시간을 백성에게 돌려주었소."

이도의 목소리는 낮고 맑았다.

"그대가 나의 하늘을 밝혔으니, 나 또한 그대의 땅을 밝혀야 하겠지."

영실은 감히 고개를 들지 못했다.

"전하, 신의 사사로운 일이 나라의 법을 흔들어서는 아니되옵니다."

이도는 잠시 침묵했다. 어좌 뒤 병풍의 산수 속 물길이 굽이굽이 흘러내렸다.

"법은 물과 같아야 하오. 바위를 만나면 돌아 흐르고, 낮은 데를 먼저 적시고, 막힌 데를 살펴 길을 내야 하오."

그리고 덧붙였다.

"연이라 했지. 그 여인을 궁중에 들여 후궁으로 입적하겠다."

영실의 심장이 멎는 듯했다. 후궁이라면 아이는 궁 안에서 태어날 것이다. 그러면 아이는 더 이상 죄인이 아닐 터였다. 그러나 그다음에 이어진 말은 그의 숨을 멈추게 했다.

"후궁에서 태어난 아이는 내 서자다. 법의 울타리 안으로 들이면,

누구도 그 신분을 논하지 못하리라.”

하늘같은 은전, 동시에 칼날 같은 고통이었다. 아이는 왕의 자식으로 기록되리라. 세상은 그 아이를 왕자로 부를 것이다. 영실은 오랜 시간 두 손을 바닥에 대고 일어서지 못했다. 생각할수록 가슴은 더 저려왔다. 죽음은 생각한 적이 있었지만 자식을 자식이라 부르지 못하고 자신의 여인도 다른 사람의 여인으로 살아야 되는 현실은 상상도 해 본적이 없었다. 그러나 아이는 죄인에서 벗어나게 되리라. 그는 마침내 이마를 돌바닥에 깊이 붙였다. 눈물이 돌 사이로 스며들었다.

영실이 돌아와 소식을 전하자 연이는 오래 바라보기만 했다. 아무 말이 없었다.

“오라버니는 괜찮아요?”

한참 끝에 나온 말. 그는 고개를 끄덕였다.

“난 괜찮다. 너와 아이만 안전하면….”

연이는 그의 어깨에 이마를 얹었다. 두 사람의 침묵은 다행과 슬픔을 간직하고 있었다.

궁으로 들어가는 날, 연이는 매화를 수놓은 얇은 도포를 걸쳤다. 영실은 멀찍이 서서 바라보았다. 가까이 가면 더 힘들 것 같아, 멀리서 손만 불끈 쥐고 있었다. 연이는 끝내 돌아보지 않았다. 돌아보는 순간 그녀의 발목을 붙잡을 것 같아서였다. 대신, 바람결에 흘린 한마디가 그녀의 가슴에 박혔다.

‘그냥 잊고 사세요. 그리워하지 말고, 나중 제가 찾아갈게요. 바람으로.’

영실은 다시 공방으로 돌아와 간의를 세웠다. 눈금을 새기고, 축을 세웠다. 하늘의 질서를 땅 위로 끌어내리려면, 사람의 마음을 한 치도 흔들지 않아야 했다. 손끝이 갈라져 피가 맺혀도, 그는 매일 밤 별을 재었다. 별빛은 변함없었고, 그 변함없음이 그에게는 유일한 위로였다.

달이 세 번 기울고, 또다시 찼다. 어느 새벽, 궁에서 부름이 왔다. 연이가 해산한다고 했다. 영실은 궁 문 밖에서 종일 서성였다. 해가 뜨고 지는 동안 그는 한 걸음도 옮기지 못했다. 문지기가 이름을 물을 때마다 그는 답을 삼켰다.

'나는 아무도 아니다.'

그 사실이 그날따라 고통보다 자비로웠다.

마침내 종소리가 울렸고, 이도가 보낸 유모가 달려 나왔다.

"아이가, 왕자님이, 무사히 나셨다오."

그 말 한 줄기가 영실의 폐부까지 파고들었다. 눈앞이 흐려져 잠시 세상이 기울었다. 그는 궁궐 담에 손을 대고 천천히 숨을 골랐다.

'왕자님.'

그 단어의 무게는 이상하게도 가벼웠다. 아이의 목에 감겼던 줄을 풀어낸 듯 가슴이 환히 열렸다.

며칠 뒤, 이도는 다시 그를 불렀다.

"그대의 물시계는, 이제 더 많은 밤을 견디게 했소." 왕의 시선이 그를 깊이 꿰뚫었다.

"한 아이의 운명이 그대의 손에서 나와 나라의 장부로 옮겨 적혔다. 너희는 이를 은혜라 하겠지만, 나는 빚이라 여기겠다."

　　　　　　　　　　　　　　　　　　빛과 그림자

영실은 비로소 눈을 들었다. 왕의 얼굴에 스치는 피곤과 결의가 동시에 보였다. 그때 알았다. 이 은혜는 단지 자신과 아이를 위한 것이 아니었다. '법은 물과 같아야 한다'는 말처럼, 시간이 골고루 흐르기 위해서는 막힌 곳마다 누군가의 피와 눈물이 물꼬가 되어야 했다. 오늘은 그의 차례였고, 내일은 또 다른 이의 차례일지도 몰랐다.

그가 궁궐 문을 나서는 길에, 멀리 뜰에 매화가 피어 있었다. 연이는 보이지 않았다. 그러나 매화 사이로 희미한 옷자락이 스치던 기억이, 산들바람처럼 그의 곁을 다녀갔다. 그는 새삼스레 약속했다.

'잊지 않겠소.'

아이의 돌잔치를 이도는 융성하게 명했다. 여러 신하가 건강한 아이를 보고 축하해줄 수 있도록 한 것이었다. 그 자리에 영실도 초대하여 그의 아이를 맘껏 볼 수 있게 하였다. 너무나 사랑스럽고 귀여운 아이는 이권이라는 이름을 갖게 되었다. 사람의 욕심이 안 보면 보고 싶고 보면 만지고 싶다. 영실은 바보같이 아이에게서 눈을 떼지 못했다.

연이는 고개를 영실 쪽으로 돌릴 수가 없었다. 지아비를 앞에 두고 다른 남자의 옆에 있는 모습 자체가 말할 수 없이 미안했고, 자식을 자식이라 부르지 못하고 안아 보지도 못하는 지아비를 차마 가슴 아파 쳐다볼 수가 없었다.

그날 밤, 공방의 등잔불 아래, 영실은 간의의 마지막 홈을 다듬었다. 하늘의 원이 제 자리에 앉자, 그의 가슴에도 조용한 원이 하나 그려졌다. 결핍으로 시작된 사랑이었으나, 끝내 미래를 위한 모양.

이제야 알았다. 체념과 희망은 종종 같은 자리에서 시작된다는 것을.

버려야 지킬 수 있는 것들이 있고, 잃어야 얻는 것들이 있다.

　비가 내렸다. 물방울이 처마 끝에서 또 한 알씩 떨어졌다. 영실은 귀를 기울였다. 시간의 소리였다.

　그리고 그는 혼잣말로 중얼거렸다.

　"전하의 은혜를 잊지 않겠습니다. 다만, 내 마음이 전하를 고마움만으로 받아들일 수 없어 송구합니다."

연이의 죽음

연이의 곁에는 어린 왕자 이권이 걱정스레 그녀를 지키고 있었다.

"어머니께서 오늘은 조반을 드셨느냐?"

어린 왕자가 곁에 있는 상궁에게 물었다.

"드시긴 하셨는데 그 양이 너… 무…."

상궁은 말을 맺지 못했다.

"어머니, 입에 맞는 음식이 없사옵니까? 말씀만 하세요. 소자가 아바마마께 말씀드려 뭐든지 구해 오겠습니다."

"말만 들어도 고맙습니다."

"진짜로 해 드릴게요. 소자와 건강하게 궁을 산책할 수 있게 벌떡 일어나세요."

"네, 알겠습니다. 그러면 우리 대군께서도 건강하게 자라야 합니다."

"네, 저는 건강하게 자라서 훌륭한 사람이 될 것입니다."

"고맙습니다."

그녀는 엷은 미소를 지으며 이권의 머리를 쓰다듬었다.

"김 상궁."

“네, 마마.”

“대호군 나리를 좀 모셔오게.”

“어의가 아니라 대호군 나리를요?”

“대호군 나리께서 의술에 식견이 깊어 물어볼 것이 있어 그러니 부탁함세.”

“네, 알겠습니다.”

연이는 눈을 지그시 감았다. 이제는 그녀의 상태를 자신이 알고 있었다. 얼마 남지 않았다는 것을….

그래서 영실에게 작별 인사와 부탁을 해야겠다는 것을.

그리고 너무나 보고 싶은 사람을 이런 핑계로라도 만나고 싶었다. 지척에 두고도 그리워하는 손 한 번 잡지 못하는 것은 말할 것 없이 얼굴 한 번 볼 수조차 없었다. 이것이 얼마나 가슴 아프고 그리움으로 몸부림치게 했었는지 모른다. 더욱이 궁 안에서 예전에 영실과 연이가 가깝게 지낸 것을 아는 궁녀들 사이에 의심의 눈을 피하느라 영실이 일하고 있는 곳 근처도 가지 못하고 담벼락 너머라도 지나가지 않을까 가슴 설레며 남몰래 훔쳐보곤 했다.

“마마, 대호군 나리 드셨습니다.”

“어서 들라 하시게.”

“네.”

영실이 방으로 들어섰다.

얼마나 보고 싶은 얼굴이었던가?

미치도록 보고 싶은 얼굴 앞에서 기쁨보다 가슴이 먹먹해졌다. 연

   빛과 그림자

이의 핼쑥한 얼굴이 눈에 들어왔다. 못 본 사이에 건강은 더욱 악화된 것 같았다. 연이는 겨우 일어나 앉았다. 그들의 눈빛에서 애절한 슬픔이 오갔다.

"힘드시면 누워 계십시오."

영실은 목이 메임을 꾹 참고 걱정스레 말을 했다.

"아닙니다."

연이 또한 감정을 추스르고 있었다.

"몸은 좀 어떠십니까?"

"괜찮습니다."

상궁이 말을 더했다.

"어젯밤에도 토하시다가 한숨도 못 주무셨습니다."

"어찌 그런….."

"김 상궁, 자네 자리 좀 비켜 주겠나? 조용히 건강상 상의할 게 있으니."

"네."

김 상궁이 걱정스런 얼굴로 물러났다.

물끄러미 영실을 보던 연이는 힘없이 말했다.

"오라버니."

"이제는 그렇게 부르시면 아니됩니다."

"네, 알고 있습니다. 그런데 이제 제 목숨이 얼마 남지 않았습니다."

"어찌 그런 말씀을 하십니까?"

"저의 아비도 지아비도 의술을 하시는 분이였거늘 그것을 모르겠습니까?"

"마음을 굳게 먹으세요."

"이 목숨은 며칠을 넘기기 힘들 것입니다. 제가 없더라도 우리 권이를 멀리서 지켜봐 주시고…."

"전하께서 잘 살피실 것입니다."

"그래도 잘 지켜봐 주세요. 자라는 모습을…."

연이의 간절한 눈빛이 스쳐지나갔다.

"네, 그러겠습니다."

"그리고 전하와 함께 목숨 걸고 만들고 계신 그 글자는 잘되고 있는지요?"

"이 와중에 웬 글자입니까?"

"두 분이 워낙 심혈을 기울이고 계시지 않습니까? 저번에 난제에 대해서 고심하시더니 해결이 되었습니까?"

"닿소리를 확정하는 데 발음기관을 정확히 볼 수 없으니 답답하네요. 전하께서도 그 문제로 밤을 새워 연구하십니다. 그것만 마무리되면 전하께서 바라시는 백성들을 위한 글자가 완성될 수 있을 텐데 안타까울 뿐입니다."

"10년을 연구해 오신 글자이니 꼭 후세에 길이 그리고 널리 쓰여야지요."

연이는 영실을 빤히 쳐다보다가,

"오라버니, 좀 누워야겠습니다. 김 상궁!"

"네, 몸을 편안히 하십시오."

 빛과 그림자

영실은 그런 연이를 두고 방을 나왔다.

그는 뜰을 거닐며 가슴이 시려오는 것을 느꼈다.

연이의 병을 알고 있었다. 약을 먹여 낳는 병이라면 조선천지에서 구했을 것이다. 시술을 해서 낫는 병이라면 남 몰래 해부를 해서라도 낫게 했을 것이다.

그런데 그럴 수 없는 병이었다.

마음의 병이었다.

서서히 삶을 갉아 먹는 병.

아버지와 오라비가 그녀의 눈앞에서 이슬이 되어 사라지는 것을 직접 목격한 그녀였다.

밤마다 짓눌리는 가위에 시달려야 했다.

그리고 지아비를 눈앞에 두고 별궁에 갇혀 가슴이 찢어지는 외로움을 견뎌야 했던 그녀였다. 아들을 아들이라 부를 수 없는 지아비의 모습을 지켜보는 연이는 숨 한번 편하게 쉬지 못했다. 영실 또한 그런 연이를 알면서도 제대로 도울 수 없는 자기가 한탄스러웠다.

며칠 후 연이가 위급하다는 소식을 들은 이도는 거의 별궁을 찾지 않았던 연이에게 달려갔다.

이도를 맞은 연이는 겨우 일어나 앉았다.

"몸은 좀 어떠냐?"

"전하, 모두를 물려 주시옵소서."

"모두 나가 있거라."

모두 나가고 조용해진 방에서 연이의 눈에서 뜨거운 눈물이 흘렸다.

“전하, 이 몸은 백 번을 죽어도 은혜를 다 갚지 못 할 것입니다.”

“넌 나에게 세상에서 제일 든든하고 고마운 나의 신하이자, 스승이며 친우의 여인이다. 아무도 찾지 않는 이곳에서 네가 얼마나 힘든지 알면서도 좋은 방법을 찾지 못해 내가 미안하다.”

“아닙니다. 저희 목숨을 살펴주셔서 다시 한번 감사드립니다. 저는 이제 저의 목숨이 얼마 남지 않음을 압니다.”

“그런 소리 말고 기운을 내거라.”

“마지막으로 저의 부탁이자 은혜를 갚을 수 있도록 도와주십시오.”

“그래 그것이 무엇이냐?”

비장한 얼굴로 이도를 올려다보며, 연이는 입을 열었다.

“저를 해부하게 해 주십시오.”

“뭐라? 그것이 무슨 소리냐?”

“제가 궁에 들어오기 전부터 전하와 대호군께서 글자를 만드시는 것을 알고 있었습니다. 그리고 글자를 만드시는 과정에서 최고 난제가 소리의 근원지인 발음기관을 볼 수 없다는 것도요. 제 아비는 의원으로서 이 나라에서 해서는 안 되는 일이었지만 사람을 살리기 위해 사람의 몸을 갈라 시술을 하셨습니다. 그 곁에서 저는 아비의 시술로 사람을 살리는 것을 보았습니다.

처음에는 끔찍하다 여겼지만 그 사람이 살아났을 때 가족들이 눈물을 적시며 좋아하는 모습도요.”

연이는 계속 말을 이었다.

빛과 그림자

"흙으로 돌아가는 것입니다. 제가 죽더라도 너무 슬퍼하지 말라고 대호군께 전해 주십시오. 저는 대호군과 전하의 은혜를 살아생전 갚지 못할 만큼 입었습니다. 저로 인하여 그 글자가 살아 숨 쉰다면 저에겐 여한이 없습니다."

이도의 눈이 점점 커지고 있었다.

"이 몸이 두 분이 만들고 있는 글자를 완성하는데 요긴하게 사용되어진다면 백 번이라도 도구가 되어 드리겠습니다. 아니 두 분이 사랑하시는 백성들을 위해 기쁜 마음으로 그렇게 하겠습니다."

"무슨 소리를 하는 게냐?"

망치로 머리를 얻어맞은 것 같았다.

"전하, 제발…."

"듣기 싫다."

그는 그 길로 근정전으로 자리를 떴다.

햇살이 환하게 비치는 어느 날, 연이는 조용히 그녀의 가족 품으로 돌아갔다. 장례도 고인의 뜻으로 조용히 치러졌다.

이도는 그녀가 머물던 별궁을 한참 동안 바라보고 있었다.

그는 상선에게 짧게 명했다.

"대호군을 별궁에 들게 하라."

"네."

그리고 정원을 거닐며 둘러보았다. 그녀의 성품에 어울리게 아담하고 작은 꽃들이 가꾸어져 있었다. 모퉁이 한편에는 흰 도라지와 보랏빛 도라지가 어우러지게 피어 있었다.

"이 도라지는 무엇이냐? 여기서 도라지를 키웠더냐?"

"아니옵니다. 마마께서는 한 번도 도라지를 캔 적은 없었습니다. 그냥 도라지꽃을 좋아하셨습니다."

"그래?"

"가끔 꺾어서 화병에 꽂아 두시곤 하셨습니다."

"왜 하필 화려한 꽃들을 두고 슬픔의 상징인 흰 색과 보라색 꽃이었을꼬?"

어느새 영실이 뜰 앞에 들어서서 그 모습을 보고 있었다.

그는 먹먹한 가슴을 가누지 못해 왕에게 인사하는 것조차 잃어버린 듯했다.

"아, 자네 왔는가?"

"네, 전하."

그는 마음을 다잡으러 애썼다.

"자네 연이가 가꾸며 보살피던 뜰을 살피고 안으로 들어오게."

"네, 전하."

영실은 뜰을 둘러보았다.

연이가 한 땀 한 땀 가꾼 뜰에,

돌 하나에,

꽃 하나에,

나무 하나에,

눈물이 안 맺힌 것이 없는 것 같아서 그 눈물 하나하나를 손끝으로 쓰다듬었다.

     빛과 그림자

　마지막, 도라지꽃에 이르러서는 눈물을 말리러 하늘을 쳐다보지 않을 수 없었다.

　'넌 그곳에 가니 좋으냐?

　스승님과 오라비를 만났겠구나.

　그곳에서 맘껏 편히 쉬어라.

　남은 이들은 걱정하지 말고 남은 이들은 또 그렇게 살아 갈 것이다.'

　마음을 추스리고 안으로 들었다.

　"전하."

　"어서 들어오게."

　"네."

　"연이가 자네에게 이걸 남겼네….."

　"무엇입니까?"

　"자네에게 남긴 편지일세."

　"아—"

　"읽어 보게."

　편지를 받아들어 읽기 시작했다.

　그리고 점점 얼굴빛이 변하기 시작했다.

오라버니, 연이예요.
'오라버니가 만들어 준 신기한 물건들, 벼랑 끝에서 가져다준 도라지꽃 향기는 아직도 은은한데 이 편지를 받았을 때쯤 나는 이 세상에 없겠네요. 저에게 많은 일들이 있었지만 저는 오라버니가 있어 행복하게 떠나니 너무 가슴 아파하지 마세요. 내가 사랑하는 사람도 만났고 자랑스런 우리 아들도 이 세상에 남겨두고 가니 이만하면 괜찮은 삶이었네요. 무엇보다 저에겐 오라버니가 그려 준 예쁜 추억들은 제 가슴 속에 품고 가는 귀한 선물입니다. 우리 권이 훌륭히 자라는 것도 보시고, 전하와 더불어 이 나라와 백성들을 행복하게 해 주시고 오라버니도 행복하게 천수 누리시고 오세요. 제 몫까지…. 그러면 제가 버선발로 반겨 드릴게요. 너무 일찍 보러 오시면 제가 화낼 겁니다.

전하께 부탁드린 이 일은 받기만 했던 제가 오라버니에게 처음으로 줄 수 있는 선물이라 생각해 주세요. 그리고 슬픈 심정이 아닌 기쁜 마음으로 받아 주시면 좋겠어요. 다른 사람이 아닌 오라버니가 직접 해 주면 좋겠어요. 얼굴 보고 말씀 못 드린 점 용서하세요. 그 말을 들은 오라버니의 표정을 차마 볼 수 없을 것 같아 그랬습니다. 여전히 전 겁쟁이인가 봅니다. 전하와 오라버니의 글자가 완성되면 아버지와 승수 오라버니와 함께 보고 있을 겁니다.

그 글자가 훌륭히 만들어져 온 세상에 쓰이면 전 영원히 살아 숨 쉬는 것이니 이 얼마나 영광스러운 일입니까? 제발 기쁜 마음으로 해 주세요.

그리고 저는 화장해서 아버지 무덤가에 뿌려 주세요.

아버지 뵙고 분분이 흩어져 바람이 될 것입니다.

그렇게 바람으로 오라버니, 우리 권이 보러 올 겁니다.

제 삶에 나타나 줘서 고마웠습니다. 오라버니!

행복하세요.'

—사랑하는 연이가—

"전하, 이게 무슨 말입니까?"

"….'

"전하 여기에 적힌 내용은 무엇이며, 전하께 부탁하신 것은 또 무엇입니까?"

"우리가 풀지 못한 발음기관의 신비를 풀라고, 연이가 자신의 몸을 도구로 쓰라고 하더군."

"어떻게 나에게 이렇게 가혹한 부탁을 할 수 있습니까?"

"나도 처음에 자네와 같은 반응이었네. 그런데 연이는 정말 자네를 위해 뭔가를 해 주기를 바랐어. 그 간절함이 눈에서 느껴졌네."

"이 얼마나 잔인한 여인입니까? 사랑하는 여인을 난도질해 달라는 부탁을 하다니 그것도 직접, 으으으윽….'

영실의 입에서 황소의 울부짖음이 새어나왔다.

"그렇게 연약해 보이던 연이가 이렇게 독하고 강인한 여인이었는지

나도 놀랐으니 자네는 오죽하겠는가? 그래도 그 여인의 유언이니 어쩌겠나?”

이도는 영실의 어깨를 어루만졌다.

“평소엔 인자하기 그지없는 분이시다가도 일을 하실 때는 그 집념 때문에 가끔 무서울 때가 있습니다.”

“나도 아네. 내가 아버님의 죗값을 씻으려 많은 덕으로 백성을 품으려고 부단히도 노력하고 있지만 어쩌겠나? 나의 피에는 아바마마의 피가 흐르고 있는 것을. 아무리 씻어내려 해도 다시 샘솟는 피를.”

“송구합니다. 제가 이 상황이 도저히 받아들여지지 않아서 실언을 했나 봅니다.”

“괜찮네. 사실인 것을 우선 마음부터 추스르게.”

그리고 이도는 방을 나갔다.

영실은 편지로 얼굴을 감싸고 말았다.

‘넌 어찌 그리 잔인하단 말이냐?

너를 한 번 보내는 것도 이렇게 힘든데 두 번이나 죽이라 하느냐?

그것도 내손으로 직접….

내가 너의 곁에 있어 주지 못함을 이렇게 벌을 주는 것이냐?’

영실은 머리를 방바닥에 숙이고 일어나질 못했다.

‘그렇게 해맑고 곱던 아이에게 내가 무슨 짓을 한 것인가?

그런 아이에게 내가 무슨 짓을 하려는 것인가?

너의 그 해맑은 미소에 난 또 속았구나.’

어린 연이가 들판에서 환하게 미소 지으며 달려오는 모습이 아련히

보이다가 궁 안에서 핼쑥한 모습으로 옅은 미소를 짓던 모습이 겹치
며 영실은 밤늦게 별궁을 떠나지 못했다.

과거는 현재 내 마음속의 집이다.

현재는 미래속의 과거이자

미래를 꾸며줄 정원이 될 것이기에

그 정원에 맞는 꽃과 나무들을 심어야 한다.

해부

부엉이가 유달리 많이 우는 깊은 밤.

외딴 선사에 조용히 올라가는 수레를 둘러싸고 주위를 살피는 사람들이 있었다.

수레에는 아담한 관이 실려 있었고 몇 가지 정육점에서나 쓰일 법한 도구들과 그와 어울리지 않을 것 같은 책과 종이 들이었다.

선사에 도착했을 때 조용히 대문을 열어 주는 이가 있었으니 이도와 내금위장 하민이었다. 그들은 서로 눈빛만 교환하고 말없이 헛간으로 들어갔다.

안에는 깨끗한 멍석과 탁자가 정갈하게 놓여 있었다.

멍석 위에 관이 내려졌다.

"이렇게 마음을 먹는 게 쉽지 않았을 텐데 고생했네."

이도가 침묵을 깨고 입을 열었다.

"고인의 유언이지 않습니까? 그 유언을 따르지 않을 수 있겠습니까?"

담담한 대답과 다르게 그의 눈은 슬픔을 감추지 못하고 손은 굳어 있었다. 시신이 탁자 위에 올려지고 고인에 대해 예를 갖추었다.

살아생전 그랬듯이 언제나 단정한 차림 그대로 잠을 자고 있는 듯했다,

'오라버니'

하고 부를 것 같아 눈을 감아 버렸다.

"시작하세."

이도가 종이와 붓을 들었다.

해부가 시작되었다.

영실의 집도하에 발음기관의 신비는 밝혀지고 있었다.

그의 칼끝에서 이도의 붓끝에서 비장함이 서려 있었다.

'피비린내, 살갗이 찢기는 소리, 뼈가 부서지는 소리'

영실은 그 하나하나를 놓치지 않고 소중히 다루려 했고, 이도는 그 섬세함을 놓치지 않으려 했다.

연이는 그렇게 하나하나 글자 속으로 들어갔다.

여름은 아직 멀었지만 영실과 이도의 이마에는 긴장과 비장함으로 땀방울이 맺혔다.

어느덧 해부가 마무리되고 있었다.

"날이 밝아 오고 있습니다."

그때 내금의장이 하민이 들어와서 알려왔다.

"알았다."

이도는 종이를 정리했다.

영실은 도살장의 짐승보다 갈가리 찢긴 연이의 살점들을 보석보다 귀하게 어루만져 관으로 옮겼다. 관을 닫기 전에 그의 손은 떨리며 망

설이고 있었다. 마지막을 맞이하고 싶지 않은 사람처럼….

"연이의 시신을 속히 화장터로 옮겨라."

이도는 그의 심중을 파악한 듯 명령했다. 영실의 슬픔을 더 지켜볼 수 없었다.

그렇게 그들의 불법적이고 은밀한 비행은 마무리 되었다. 영실은 스승님의 무덤가에 연이를 뿌려주었다.

그리고 무덤가를 둘러싼 주변에 도라지꽃을 심었다.

'너의 가족은 모두 나에게 소중했다.

힘들었던 나에게 빛과 희망이 되어 주었으며 지금의 나를 있게 해 주었다.

그런데 넌 마지막까지 나에게 무거운 짐과 잔인한 선물을 주고 가는구나.

나보고 잊고 살아가라 하지만 내 어찌 너를 잊고 살아간단 말이냐?

오너라. 나에게로.

햇빛으로, 달빛으로, 바람결로라도 와서 너의 숨결이 닿을 수 있게 해다오.'

그렇게 영실과 연이는 마지막 인사를 했다.

조용히 무덤가에 한참을 서 있다가 산으로 내려갔다.

살랑살랑 산들바람이 그를 따라갔다.

글자에 날개를 달아

달빛이 은은하게 궁궐의 지붕을 비추던 밤, 이도는 서재의 등불을 밝혀 두고 있었다. 그 앞에는 영실이 조심스레 앉아 있었다.

이도는 연이의 죽음이 헛되지 않게 하리라 다짐하며 밤을 새워 글자에 몰두한 적이 한두 번이 아니었다.

걱정이 되어 어의는 수시로 몸을 아껴야 한다고 간언을 했다.

"이대로 계속 몸을 살피지 않으시면 소갈병 합병증으로 인하여 눈이 멀게 될 수도 손과 발에 염증이 쌓여 사용하지 못 할 수도 있습니다."

"알았네. 오늘만 지나면 좀 쉬도록 하지."

"아니되옵니다. 오늘부터 그렇게 하셔야 됩니다."

이런 일은 매일 있는 일과가 되어 버렸다.

"오늘도 어의가 걱정하며 나가는 것을 보았습니다. 쉬엄쉬엄 하십시오."

"나만 그런 것인가? 자네도 매한가지인데 내가 왕이라 이런 잔소리를 듣고 있네."

"그럼 전 다행이라 생각해야 되겠네요."

“그렇지.”

“이 글자를 여러 학자를 비롯해 많은 사람의 도움을 받아 만든다면 자네를 좀 더 힘들게 안 해도 되었을 텐데…….”

“영의정 황희 대감과 최만리 대감께 글자에 대해 살며시 의중을 물어보신다고 하셨는데 어찌 되었습니까?”

이도는 한숨을 쉬었다.

“영의정은 묵묵부답이고 최만리는 강하게 반대를 하고 있으니 비밀로 할 수밖에 없다.”

“전하께서 믿고 의지하는 두 대감께서 찬성을 안 해 주시니 만드는 다른 사람들은 말해 무엇하겠습니까?

“그러게 말일세?“

이도를 도와 글자를 만드는 데 참여하고 있는 사람은 세자를 비롯한 왕자들과 공주들 그리고 영실이 전부라고 볼 수 있었다.

가끔 젊은 학자들에게 음운 방식이나 여러 나라의 서적을 구해오라는 업무를 시키긴 하지만 그들은 정확한 글자의 존재를 알고 있지 못했다.

그냥 학문으로서 필요한 연구, 서적인줄 알고 있었다.

“연이의 희생을 생각해서라도 나는 완벽한 글자를 만들 것이다.”

이도는 붓을 들어 종이에 낯선 기호 같은 글자를 그려 보였다.

“보아라, 이것은 내 생각의 자취다. 우리말은 목구멍, 혀, 이, 입술, 목 따위의 발음기관에 의해 구강 통로가 좁아지거나 막히는 장애를 받으며 나는 소리다. 그러하니 글자 또한 그 모양을 본떠야 옳다. 이를테면 'ㅇ'은 목구멍, 'ㄱ'은 혀뿌리, 'ㅁ'은 입술 모양에서 나는 소리를 본떴다."

"하면, 그 글자가 곧 소리를 담는 그릇이 도는 것이옵니까?"

"그렇다. 이는 하늘과 땅의 이치를 기계로 구현하던 네 솜씨와도 같다. 네가 물시계의 물방울로 시간을 재듯, 나는 혀와 입술의 모양으로 소리를 재려는 것이니라."

그리고 다른 글자를 그려 보였다.

"홀소리를 이렇게 정하였으니, 닿소리는 성대의 진동을 받은 소리가 목, 입, 코를 거쳐 나오면서, 그 통로가 좁아지거나 완전히 막히거나 하는 따위의 장애를 받지 않고 나는 소리다. 나는 이 자연스럽게 나오는 소리는 우주와 자연에 존재하는 하늘과 땅, 사람의 이치를 따르게 했다. 하늘은 둥글어 'ㆍ', 땅은 평평하니 'ㅡ', 사람은 서 있으니 'ㅣ'라 하였다. 이 셋을 조합하면 만 가지 소리를 다 적을 수 있다."

"천지인(天地人)의 원리를 글자에 담으시다니 전하, 참으로 오묘한 이치입니다."

"총 28자의 기본 글자와 더 많은 소리를 담기 위해 연이의 공으로 소리의 신비를 담아 닿소리 17와 홀소리 11, 총 28자의 기본 자모를 만들었다."

"이 글자들을 백성들이 쉽게 배워 널리 사용하게 되면 태평성대가 될 것 같습니다."

영실이 기쁨에 찬 목소리로 말했다.

"우리 백성이 다 그런 것은 아니네. 신하들 중 다수는 반드시 반대

할 것이니라. 글을 새로 만든다하면, '중국을 섬기는 도리'를 거스른다 하여 비난이 빗발칠 터이다."

"정말, 그렇게까지 할까요?"

"그럴 것이다. 그들이 누리고 있는 최고의 기득권이니까 그러나 나는 감히 말하노니, 백성을 위하는 것이야말로 진정한 도리다."

"그럴 수도 있겠네요. 양반의 눈에 일반 백성들은 글을 모르기에 짐승 같은 존재로 보는 이도 있습니다. 즉 백성들이 글을 배우게 되면 자신들이 권위를 잃고 백성들을 다스리는데 어려움이 있을 거라고 생각하겠지요."

"짐승들이 말을 하면 잡아먹을 수 없는 것처럼?"

영실은 고개를 깊이 끄떡였다. 이도는 백성의 고충을 다 알고 있었다. 그리고 양반들이 글자를 반대하는 속내도.

"전하의 뜻은 곧 백성의 뜻이옵니다. 허나 소인 생각에, 글자를 퍼뜨리려면 기구와 장치 또한 있어야 하옵니다. 글을 새기는 목판, 활자, 인쇄의 방법이 널리 쓰여야 백성에게 미칠 터이니….."

"옳은 말이다. 네가 금속 활자를 주조했듯, 이번에는 백성을 위한 글자를 담을 활자를 만들 수 있겠느냐?"

"전하의 글자를 활자로 새기라니, 기쁜 마음으로 하겠습니다. 저번에 주조한 경자자를 기반으로 조금 보충하여 이 글자에 맞춤형으로 제작하겠습니다."

"자네가 있어 난 복 받은 왕일세."

"소인이 복 받은 백성이지요."

  빛과 그림자

"영실아, 나는 백성이 굶주리고 고통받는 것을 볼 때마다 하늘을 원망하였다. 허나 이제 깨달았다. 하늘이 무심한 것이 아니라 우리가 백성의 소리를 듣지 못했던 것이다. 글은 곧 백성의 소리가 될 것이다."

"전하, 그리되면 백성은 자기 말로 자기 노래를 적고, 자기 사연을 남길 수 있을 터이니…. 천 년 뒤에도 전하의 은덕을 노래할 수 있을 것입니다."

이도는 손을 올리며 미소를 지었다.

"한 번 해 볼까? 친구!"

"좋지. 백성을 가르치고 백성의 소리를 담을 수 있는 글자를 한 번 만들어 봄세. 친구!"

그 밤, 조선의 작은 서재에서 오간 대화는 후일 '훈민정음'이라는 이름으로 세상에 드러났다. 백성은 드디어 자기 소리를 글로 적을 수 있게 되었고, 역사는 그날을 혁명이라 불렀다.

뿌리 깊은 나무는 바람에 흔들리지 아니하고
꽃이 좋고 열매도 많이 맺나니,
샘이 깊은 물은 가뭄에도 그치지 아니하므로 내를 이루어 바다로
가나니

세종(이도),
경연으로 평정하다

　궁궐 깊숙이, 경복궁의 집현전은 아침부터 긴장된 공기에 휩싸여 있었다. 문틈 사이로 들어오는 늦봄 햇살은 밝은 빛을 뿌렸으나, 오늘 경연에 모인 대신들의 얼굴은 어두웠다. 왕이 무언가 중대한 일을 선포하려 한다는 소문이 이미 퍼져 있었기 때문이다.

　이도는 곧게 앉아 있었다. 온화한 눈빛 속에는 흔들림 없는 결의가 깃들어 있었다.

　"경연을 시작하라."

　이도의 목소리는 부드럽지만 청명하게 울려 퍼졌다.

　신하들은 일제히 머리를 조아렸다. 하지만 마음은 편치 않았다. 영의정 황희조차, 오랜 세월 세종을 섬기며 충심을 다 했지만 오늘 만큼은 걱정이 앞섰다.

　이도는 입을 열었다.

　"내가 아바마마께 이 나라를 이어받아 나라를 다스리는 동안 백성의 삶을 헤아려 보노라면 가슴이 무겁다. 우리 조선의 백성은 말은 있으나 글이 없어 뜻을 온전히 전하지 못한다. 억울함을 호소하고 싶어도

빛과 그림자

글을 모르는 까닭에 글자로는 말하지 못하고, 그 뜻을 펴지 못한다. 그래서 나는 우리말을 그대로 표현할 수 있는 글자를 만들고자 한다.”

이윽고 대신들 사이에서 한 사람이 고개를 들었다. 집현전 부제학 최만리였다. 그는 언변이 날카로운 인물로, 이미 이도가 새 글자를 만들려 한다는 소식을 듣고 반대 상소를 준비해 온 참이었다.

“전하의 뜻은 크고도 높으오나, 신은 감히 염려를 아룁니다.”

그는 또박또박 목소리를 높였다.

“중국에는 이미 정연한 글자가 있고, 우리 또한 수백 년간 한자를 써왔습니다. 이제 와 새 글자를 만든다면, 이는 중국을 업신여기고 사대의 예를 무너뜨리는 일 아니겠습니까?”

“경은 사대의 예만 중요하고 우리 백성들의 억울함은 모른척해도 된다고 하는 것 같군.”

“명나라와의 예도 중요하지만, 그것보다 더 우려되는 것은 백성이 글을 쉽게 배운다면 함부로 글을 쓰고 논박하여 도리어 나라의 기강을 흐릴까 두렵습니다.”

이도의 눈빛이 번뜩였다.

“너희가 이 글자를 아느냐? 그리고 이 글자의 필요성에 대해 생각을 해본 적이 있느냐?

미리 단정 짓지 마라.

나는 이 글자를 위해 십수 년을 고민하고 연구했다.”

“그 글자가 어떤 글자입니까?”

“이 글자의 필요성에 대해 말해 주겠다.

첫째, 백성들의 삶에서 글자를 몰라 제 뜻을 펴지 못해 억울함을 당하지 않게 하기 위함이다.

둘째, 이 글자로 백성들을 교육시켜 다스리는 데 어려움이 없게 할 것이다.

셋째, 글자로 여러 가지 정보를 이용해 나라의 경제와 백성의 삶을 풍요롭게 하기 위함이다. 농사를 지을 때 씨를 뿌릴 시기를 놓치지 않게 하고 물고기를 잡으러 갈 때 밀물과 썰물의 때를 정확히 알아 위험을 줄일 수 있다.

넷째, 이 글자는 우리말로서 쉽게 익힐 수 있어 양반 중에도 한자가 어려워 과거를 보기 어려운 자에게 일부 잡과 시험을 이 글자로 보게 할 것이다."

파격적이었다.

순간 모두 말을 잃었다.

한참이 지나서야 최만리가 나서서 반론을 제기했다.

"새 글자는 그저 쉽기만 해서 중국의 높은 학문과 멀어지게 만들어 우리 문화 수준을 떨어뜨리게 할 것입니다."

"그 많은 한자를 익혀서 내용을 파악하고 중용과 같은 책을 한 달에 몇 권의 책을 읽을 것 같소?"

"게으른 자는 한 권도 힘들겠지만 열심히 하는 자는 열 권도 읽지 않겠습니까?"

"그렇지, 그런데 나의 글자는 게으른 자는 며칠, 열심히 하는 자는 반나절이면 글자를 읽을 수 있다. 따로 해석이 필요 없어 한 달에 백

                                              빛과 그림자

권도 읽을 수 있소.”

“네?”

“한 달에 열 권을 읽은 자와 백 권을 읽은 자 중 누가 더 많은 지식을 얻고 지혜를 얻겠는가?”

박팽년이 대답했다.

“전하께서 워낙 화술이 좋으셔서 우리는 말로써 전하를 이길 수는 없으나 아직 알 수 없는 글자보다 수 천 년의 역사를 가지고 있는 한자가 더 훌륭하다 사료 됩니다.”

말이 끝나자 다른 대신들도 고개를 끄덕였다.

“그렇사옵니다. 전하. 옛 성현들이 이미 정해 둔 길이 있는데, 어찌 새로운 길을 만들려 하십니까?”

경연장은 순식간에 술렁였다. 반대의 기운이 바람처럼 휘몰아쳤다.

그러나 이도는 미소를 거두지 않았다. 오히려 눈빛이 한층 맑아졌다. 그는 잠시 침묵하다가, 천천히 반문했다.

“경들의 말이 옳다면, 과인이 한 가지 묻겠다. 과연 한자라는 글을 우리 백성이 쉽게 익힐 수 있더냐?”

모두 대답하지 못했다.

이도는 말을 이었다.

“백성의 아들, 딸이 농사로 생을 이어 가느라 새벽부터 밤까지 땀을 흘린다. 그런데 그들이 한자를 배우려면 몇 해, 아니 몇십 년이 걸려도 다 깨우치지 못한다. 억울함을 당해도 전하지 못하고 사랑하는 이를 위해 시 한 수 적어 주고 싶어도 붓을 들지 못한다. 과연 이는 누구의 잘못이더냐?"

그의 목소리는 어느새 단호하게 울렸다.

"하늘이 임금을 세운 까닭 또한 백성을 편안케 하라는 것 아니겠는가? 그렇다면, 백성이 쉽게 익히고 쉽게 쓸 수 있는 글을 만드는 것이 곧 하늘의 뜻이요, 임금의 도리다."

최만리가 다시 맞섰다.

"그러하오나 전하, 글은 단지 백성의 편리만을 위해 존재하는 것이 아니옵니다. 학문은 깊고, 도리는 엄정하니, 경솔히 새 글을 만든다면 어찌 천하의 조롱거리가 되지 않겠습니까?"

이도는 고개를 끄덕이며 부드럽게 받아쳤다.

"과인 또한 천하의 시선이 두렵지 않은 바 아니다. 허나 경들이여, 중국이 예라면, 우리 또한 예를 갖춰 스스로 설 수 있다. 백성이 편안하다면 조롱이 무슨 대수인가? 하늘의 뜻은 조롱에 있지 않고, 백성의 삶에 있음을 어찌 모르느냐?"

말끝에 이도는 손에 놓인 문서를 펼쳤다.

거기에는 아직 세상에 공개되지 않은 스물여덟 자의 새로운 글자가 정연히 배열되어 있었다. 마치 하늘과 땅, 그리고 인간의 숨결을 닮은 듯한 기이하면서도 아름다운 글자였다.

신하들의 눈이 커졌다.

이도는 그 글자들을 손가락으로 가리키며 말했다.

"보라. 이 글자는 발음기관을 본떠 만들었으니, 누구나 소리 나는 대로 쓸 수 있다. 아이도, 노인도, 하루만 배우면 자기 이름을 적을 수 있을 것이다. 억울함을 당한 백성은 이 글로 상소할 수 있고, 사랑하는 이들에게 마음을 전할 수도 있다. 이것이야말로 백성을 위한 글, 백성을 위한 도리다. 그리고 너희가 이 글자를 배워 보았느냐? 배워 보지도 사용해보지도 않고 속단하지 마라.

이 글자를 알려 줄 테니 잘 듣고 질문이든 반박이든 해 보거라.

우선, 이 글자는 백성을 가르치는 바른 소리를 뜻한다.

훈민정음은 단순히 기호를 만들어 나열한 것이 아니라, 사람의 발음 기관과 우주의 원리를 본뜬 철학적 문자다. 겨우 스물여덟 자로 모든 소리를 담을 수 있고 글자로 쓸 수 있다.

닿소리 17자와 홀소리 11자이다.

닿소리는 ㄱ, ㅋ, ㆁ, ㄷ, ㅌ, ㄴ, ㅂ, ㅍ, ㅁ, ㅈ, ㅊ, ㅅ, ㆆ, ㅎ, ㅇ, ㄹ, ㅿ 이다.

닿소리의 제자원리는 다섯 개를 기본으로 삼는다.

소리 나는 발음기관의 모양을 본떠 표기하였다.

ㄱ은 혀뿌리가 목구멍을 막는 모양을 본떠 어금닛소리(아음)

ㄴ은 혀끝이 윗잇몸에 닿는 모양을 본떠 혓소리(설음)

ㅁ은 입술 모양을 본떠 입술소리(순음)

ㅅ은 이 모양을 본떠(잇소리치음)

ㅇ은 목구멍 모양을 본떠 목구멍소리(후음)

이 다섯을 기본 자음이라 하고, 거기에 획을 더하여 소리를 확장했다. 예를 들어, ㄱ에 획을 더하면 ㅋ, ㄷ에 획을 더하면 ㅌ이 된다. 즉, 기본 자음에서 가지를 뻗어 나간 체계적 구조이다.

홀소리는 ㆍㅡㅣㅏㅑㅓㅕㅗㅛㅜㅠ이다.

홀소리의 제자 원리는 천지인의 철학에 기반한다.

ㆍ(아래아)는 하늘, ㅡ는 땅, ㅣ는 사람을 뜻한다.

이 세 가지를 조합하여 체계를 만들었다. 이는 단순한 음운 기호가 아니라, 우주의 조화와 인간 존재를 상징하는 철학적 문자이다.

마지막으로 글자의 조합 원리는 음절 단위로 만들어진다.

훈민정음은 자모를 단순히 직선적으로 나열하지 않고, 한 음절을 하나의 사각형 안에 모아쓰기 하였다. 예를 들어 '가'라는 음절은 ㄱ과 ㅏ를 따로 쓰지 않고, 네모 안에 '가'라는 하나의 완결된 글자로 표현한다.

중국 한자는 뜻글자라서 음절과 관계없이 하나의 의미 단위를 갖지만, 훈민정음은 소리글자로서 음운 단위를 조합하여 음절을 만든 것이다.

"질문이 있거든 말해 보라."

순간, 집현전 안은 숨소리조차 사라졌다. 대신들은 앞에 놓인 기묘한 글자를 바라보며, 마음속에 알 수 없는 떨림을 느꼈다.

그러나 최만리는 끝내 굽히지 않았다.

"전하, 뜻은 알겠으나… 이는 하늘이 내린 글자가 아니라 전하께서 지으신 것입니다. 어찌 성현의 도와 견줄 수 있겠습니까?"

이도는 미소를 머금으며 답했다.

"경들이 말하는 하늘이 글자를 내려 주었다는 말은 성현이 지어낸 고사에 불과하다. 그러나 과인은 하늘이 임금을 세운 뜻을 안다. 그

 빛과 그림자

뜻은 다름 아닌 백성을 편안케 하라는 것이다. 그렇다면, 임금이 백성을 위하여 글을 만든 것 또한 곧 하늘의 뜻과 다르지 않다."

그의 목소리는 강물처럼 유려했고, 산처럼 무거웠다. 신하들은 더는 반박하지 못하고 고개를 숙였다.

이날의 경연은 훗날 많은 사관들의 붓끝에 기록되었으나, 그중에서도 이도의 언변과 지혜, 그리고 백성을 향한 뜨거운 마음은 가장 빛나는 부분으로 남았다. 훈민정음은 마침내 세상에 태어나 백성의 노래가 되었고, 소리 없는 목소리가 되었다.

금속활자로 태어난 한글

　궁궐 안, 차가운 바람에 집현전의 등잔불이 흔들리고 있었다. 이도는 책을 내려놓고 깊은 한숨을 내쉬었다.

　"이 나라 글은 곧 백성의 목숨과도 같다. 경, 책을 빠르고 정확히 찍어낼 수만 있다면, 교화가 백성들에게 널리 미치지 않겠는가."

　이천과 영실은 고개를 숙였다.

　"전하, 금속활자는 이미 있지 않습니까?"

　이천이 물었다. 이천은 고려시대 무과에 합격하였지만 기술직으로 전향하여 무기를 만들거나 금속을 제조하는 일을 도맡아 하고 있었다. 그리고 영실이의 손재주와 안목을 알고 있기에 모든 중요한 업무에는 영실과 함께하였다. 처음에는 이천 휘하에서 기구를 만들었으나 실질적으로는 영실이 설계와 제작을 도맡아 했다. 그러나 금속의 성분과 금속을 다루는 실력이 좋아 영실에게 큰 도움을 주었다.

　"하지만 그 쇠붙이가 거칠고 글자가 쉽게 닳고 인쇄된 책은 번번이 어그러졌다."

　이도는 눈을 빛내며 말했다.

빛과 그림자

“그러니 새로운 글자에 맞는 새로운 금속활자본을 만들려고 한다. 예전의 허술한 금속활자본이 아니라 더 견고하고 정밀한 금속활자본으로 만들 수는 없는가?”

“전하께서 원하시는 모양과 쓰임을 말씀해 주시면 한번 착수해보겠습니다.”

이천이 되물었다.

“우선, 나는 글자가 정갈하게 찍혀야 한다. 그래야 책을 읽는 이가 맑고 단아한 정신으로 글을 대할 수 있다.”

“그리고 모두 말씀해 주세요.”

영실이 재촉했다.

“금속활자로 보다 많은 책을 찍고 싶다. 그러나 이건 희망일 뿐이다. 하나의 금속활자판은 똑같은 한 종류의 책밖에 만들지 못한다. 그래서 많은 다른 종류의 책을 찍으려면 수 많은 활자판을 만들어야 한다.”

“음.”

영실이 난감한 표정을 지었다.

“앞의 내용은 재료를 달리하고 노력을 하면 가능하겠지만 후자는 참으로 난감한 문제입니다.”

“나도 알고 있네. 나의 희망 사항이라네. 내용이 비슷하면 필요없는 글자를 파내고 다른 글자를 넣는 방법도 생각해 봤는데 그건 지저분하기도 하고 적절한 방법이 아닌 것 같아.”

“우선 할 수 있는 숙제부터 차근차근 풀어 보겠습니다.”

다음 날, 이천과 영실은 금속 공방을 찾았다.

쇳물의 냄새와 망치 소리가 뒤섞인 공간은 불과 쇠의 뜨거운 숨결로 가득했다.

"우선 금속의 종류와 배합력을 여러모로 알아보고 견고하여 활자의 변형이 잘 되지 않고 겉면이 부드러워 글자가 선명하게 해야 할 것 같네."

이천이 금속에 대해 자세히 설명했다.

"네. 그리고 이 일을 행하기 전에 도면을 먼저 설계해야겠습니다."

"그것이 제일 중요하지."

"일 년은 걸려야 될 걸세."

생각보다 빠른 시일에 금속활자가 완성되었다. 작은 나무판에 글자를 새겨 넣은 후, 그것을 틀 삼아 흙과 모래를 배합해 주형을 만들었다.

"전하, 우선 글자를 대나무나 밀랍에 새겨 이를 어미틀로 삼습니다. 여기에 흙을 눌러 찍어 주형을 만들고, 그 속에 쇳물을 붓습니다. 대나무는 곧고 단단하여 틀을 잡는 데 유용하고, 밀랍은 틈새를 매워 활자를 흔들림 없이 고정할 수 있을 것이옵니다."

이도은 조심스레 주형을 들여다보았다.

"쇳물이 흘러들 때, 글자가 어그러지지 않겠는가?"

"그래서 주형의 흙은 곱고 치밀해야 합니다. 모래만으로는 흩어지니, 진흙과 섞어 단단히 다집니다. 다만 너무 조이면 쇳물이 흐르지 못합니다. 그 미묘한 차이를 잡아내는 것이 곧 장인의 솜씨입니다."

"과연, 그대는 하늘이 내린 손이라 하지 않을 수 없구나. 백성이 쉽게 글을 익히려면, 글자가 선명하고 또렷해야 한다. 그렇지 않으면 아

 빛과 그림자

무리 좋은 훈민정음도 세상에 뿌리내리지 못할 것이다.”

“전하의 뜻을 담은 글자가 활자로 태어나니, 제 손은 다만 그릇이 되었을 뿐이옵니다.”

주조실에 들어서자 뜨거운 화염이 쇳물을 삼키듯 요동치고 있었다. 영실은 장인들과 함께 틀을 고정하며 설명했다.

“대나무로 틀을 단단히 엮고 밀랍으로 빈틈을 막으면, 쇳물도 제 자리를 찾아가겠지요.”

이도는 가까이 다가가 그 과정을 지켜보았다. 영실의 손끝에서 대나무의 결이 바르게 엮이고, 밀랍이 스며들더 빈틈없이 채워졌다. 불길은 타올랐고, 쇳물은 은하수처럼 빛나며 틀 속으로 흘러들었다.

“전하께서 내려 주신 자모의 모양을 바탕으로, 정사각 틀을 마련하였습니다. 한 글자마다 같은 크기의 네모 칸을 쓰되, 획의 숨통이 막히지 않게 안쪽에 또 하나의 보이지 않는 틀을 둡니다. 겉 틀로 크기를 맞추고, 속 틀로 정교함을 맞추는 셈이지요.”

영실은 여러 개의 작은 금속조각을 상에 올렸다.

“전하, 이것은 주석을 많이 섞은 활자이며 또 이쪽은 납을 더한 활자입니다. 각기 장단점이 있사옵니다.”

“주석을 섞으면 단단하나 너무 미끄럽고, 납을 섞으면 무르다. 어느 쪽이 더 오래 쓰일 수 있겠는가?”

영실은 활자를 모아 손가락으로 두드렸다. 청아한 쇳소리가 울려 퍼졌다.

“구리와 납, 주석을 알맞게 배합해야 합니다. 너무 무르면 글자가 쉽게 닳아 없어지고, 너무 단단하면 주형을 깨뜨립니다. 제가 여러 번 비율을 달리해 시험한 끝에, 가장 적합한 조율을 찾을 수 있었습니다."

이도는 고개를 끄덕였다.

"쇳소리가 마치 옥같구나."

이도는 감탄을 삼켰다.

"영실아, 이 작은 네모 속에 글자의 영혼이 뜻이 담겼도다. 이는 단순한 쇳덩이가 아니니라, 백성의 삶을 바꾸는 씨앗이 될 것이다."

그들은 다시 쇳물을 달구었다. 거푸집은 더 단단해졌고, 활자의 어깨는 더 반듯해졌다. 줄은 수평으로 뻗고, 장은 차분히 넘겨졌다. 네모 칸은 모든 것을 환히 비추는 창처럼, 쓰는 사람을 넘어 읽는 사람의 얼굴까지 담아냈다. 이도는 눈을 가늘게 뜨며 손가락으로 글자의 획을 짚었다.

"획 하나라도 흐리면, 글을 읽다가 그릇되게 알 것이니, 이는 책의 근본을 해치는 일이다."

완성된 활자는 작고 단단했지만, 글씨의 모양은 여전히 거칠었다.

"경, 글자가 삐뚤다. 인쇄를 하면 글이 겹치거나 빗나가겠구나."

장영실은 곧장 대답했다.

"그러하여 뒷손질이 필요합니다. 날카로운 조각칼과 줄을 써서 획을 바로잡고, 글자의 넓이와 높이를 가지런히 맞춥니다. 이 과정을 거치지 않으면 아무리 쇳물이 좋아도 헛수고가 됩니다."

이도는 조용히 시연을 지켜보았다. 먹물을 묻힌 종이가 틀 위에 놓이고, 나무판이 힘 있게 눌렸다.

　　　　　　　　　　　　　　　　　　　　빛과 그림자

종이를 들어 올리자, 검은 글자들이 가지런히 박혀 있었다.

"과연….."

이도는 만족한 듯 그 글자들을 바라보았다.

하지만 영실이는 다음날부터 또 다른 숙제에 고민하기 시작했다.

"최소한의 활자판으로 최대한의 책을 만든다?"

"뭘 혼자 궁시렁거리는가?"

옆에서 이천이 물었다.

"작은 노고로 많은 책을 찍어내는 방법이 없을까? 하는 고민을 해 보았습니다."

"하하하. 이런 게으른 사람을 보았나? 이제 이 일이 지겨워졌는가?"

"무슨 그런 말씀을 하십니까?"

"그렇게 활자 만들기가 싫으면 수많은 장정들을 시켜 활자 하나하나를 만들게 하여 그냥 판에 붙여 버리면 되겠네."

갑자기 영실이 벌떡 일어나며 소리쳤다.

"바로 그겁니다."

"무슨 소리인가?"

"좀 다녀오겠습니다."

"도대체 무슨….."

그리고 영실은 근정전으로 달려갔다.

"전하 대호군 들었습니다."

내관이 알려왔다.

"어서 들라 해라."

“네.”

영실이 흥분된 얼굴로 들어왔다.

“자네가 여간해서 근정전을 찾지 않는 데 무슨 일이오?”

“전하, 저번에 주신 숙제를 풀 것 같습니다.”

“엥, 난 자네에게 숙제를 준 적이 없는데….”

“저번에 최소한의 시간과 노력으로 많은 책을 찍고 싶다고 하신 숙제 말입니다.”

“허허, 이 사람아 그건 희망 사항이지. 그게 가능하겠는가? 활자를 만드는 자동 물시계도 아니고. 그냥 답답해서 한 말이었네.”

“가능할 것 같기도 합니다.”

“응?”

이도가 눈이 번쩍했다.

“한 활자판에 수많은 활자를 조립하는 것입니다.”

“조립하다니?”

“원하는 내용에 맞게 글자들을 순서대로 올려놓고 한 장을 찍고 그 다음 필요한 내용에 맞는 활자를 순서대로 놓는 것입니다. 그러면 그 활자본들은 원하는 내용을 언제든지 찍어 낼 수 있지요?”

“옳다구나. 그런 방법이 있었구나.”

“그러합니다.”

이도는 영실의 손을 덥석 잡았다.

“넌 정말, 나를 미치게 하는구나. 이러니 내가 불가능해 보이는 일을 자꾸 시도하게 된다.”

그리고는 영실을 일으켜 세워 빙글빙글 춤을 추었다.

영실은 당황해서 이도를 말렸다.

"전하. 보는 눈들이 많습니다."

"보라지 뭐. 이리 기쁜 일에 왕이라 기분도 못 낸단 말이냐?"

"못 말리겠습니다. 이게 성공하면 책은 얼마든지 만들 수 있습니다."

"이건 책을 인쇄하는데 있어 공급을 폭발적으로 확산할 수 있다. 그 책으로 교육받을 기회도 덩달아 많아지겠지."

"당장 착수하겠습니다."

"그래, 빨리 하거라."

그날 두 남자는 다른 공간에서 같은 생각으로 잠을 이루지 못했다.

그리고 그 조립식 활자본 작업이 시작되었다.

이도는 그 사이를 참지 못하고 수시로 공방을 들락거렸다.

"네모의 틀은 같은데, 그 속에 앉는 중심은 다르다. 금속의 각이 사람의 마음을 다치게 하지 않도록, 늘 여백을 남기자."

영실의 손보다 이도의 입이 더 빨리 움직이고 있었다.

"네, 알겠습니다."

"여백은 곧, 마음의 여유다."

"그런데 전하께서는 지금 마음의 여유가 없는 것 같습니다."

"아, 그런가? 내가 좀 흥분했나?"

"활자본이 하나하나 조립되어져야 하기에 군더더기 없이 깨끗해야 정갈한 글자가 완성됩니다."

이도는 직접 활자 하나를 손에 들어 보았다.

“이 작은 것 하나가 책 한 권을 좌우한단 말이지.”

수많은 시행착오 끝에, 드디어 활자들이 완성되었다. 대나무와 밀랍이 지탱한 틀 속에서 쏟아진 쇳물은 정교한 글자의 형상을 모두 담아냈다. 이렇게 세상에서 최초의 완전 조립식 활자본이 완성되었다. 책장이 넘어가듯 활자가 줄지어 놓이자, 마치 작은 병사들이 한자리에 모인 듯 위엄이 있었다.

“옛사람이 글을 지어도 책으로 세상에 전하지 못한 경우가 많았으나 이제는 백성들이 글을 얻어 읽을 수 있게 되었다.”

“네, 그렇습니다.”

영실이 말했다.

“영실아, 이 책이 백성들의 손에 들어가면, 굶주린 자는 농사법을 배우고, 억울한 자는 법을 알 것이며, 어리석은 자는 지혜를 얻게 되리라. 이것이 곧 나의 꿈이다.”

영실은 한참 침묵하다가 조용히 입을 열었다.

“쇳덩이가 글이 되고, 글이 책이 되고, 책이 세상을 바꾸겠지요.”

이도는 미소 지으며 영실을 바라보았다.

“이 활자를 만든 그대의 공은 분명히 세상에 남아 후세를 밝히리라.”

영실은 고개를 숙이며 말했다.

“이는 전하께서 글자를 아끼시고 백성을 위하시는 마음에서 비롯된 것이고 소신은 다만 손을 빌려 그 뜻을 형상화했을 뿐입니다.”

그것은 단순히 쇳조각이 아니었다. 백성을 위하는 마음과 학문을 펼치려는 뜻, 그리고 장인의 손끝에서 태어난 정밀함이 어우러져 빛

 　　　　　　　　　　　　　　　　　　　　　빛과 그림자

어진, 시대의 혼이었다.

그리하여 조선은 새로운 활자를 얻었다. 그 이름은 갑인자로 불려진 것들 중 훈민정음 언해본 금속 활자이다. 이것은 이후 한글을 조선 사회에 널리 보급하는 데 결정적인 역할을 하게 되었다.

한글, 세상 속으로 퍼지다

이도의 시선은 멀리 경회루의 물결보다 더 멀리, 아직 세상에 태어나지 않은 많은 책으로 향해 있었다.

밤이 깊어도 불빛은 꺼지지 않았다. 세종은 허리를 굽히고 직접 활자를 들어 빛에 비추었다. 그때 영실이 땀을 훔치며 물었다.

"전하, 어찌하여 이토록 활자에 마음을 기울이시옵니까? 나라를 다스리실 일도, 전쟁을 대비할 일도 많은데…."

이도는 활자를 손바닥 위에 올려놓고 천천히 대답했다.

"백성이 글을 알지 못하면, 내 뜻도 전해지지 않고, 나라 또한 어둠 속에 머무를 뿐이다. 전쟁은 당장 이길 수도 질 수도 있으나, 무지는 백 년을 짓누르지. 그러므로 글을 널리 퍼뜨리는 일이 곧 나라를 지키는 일이다."

첫 인쇄가 이루어졌다. 종이 위에 선명하게 찍힌 글자가 나타났을 때, 세종의 눈가에 빛났다.

"영실아, 보아라. 마침내 백성을 위한 길이 열렸다."

"전하, 이 활자가 세상에 흩어져, 아이부터 늙은이까지 모두 글을

빛과 그림자

읽게 된다면, 그것이야말로 하늘이 전하께 닿긴 뜻이옵니다.”

이도는 조용히 종이를 쓰다듬었다. 거기에는 붓으로 쓴 듯 매끄럽고 정연한 글자가 더 많은 이를 품을 힘으로 선명히 박혀 있었다. 이도와 영실은 한밤의 별빛 아래 나란히 섰다. 수많은 글자가 박힌 종이가 그들 사이에 놓여 있었다.

“누군가 이 글자를 보며 우리 뜻을 헤아릴까?”

“알아주는 이 없어도, 글자는 백성의 삶 속에서 살아 숨 쉴 것이옵니다.”

“네가 나보다 낫구나. 인정받기보다 쓰임이 중요한 것을.”

이도는 얼굴을 들었다. 동시에 영실도 얼굴을 들었다. 눈이 마주쳤다. 그리곤 둘 다 신들린 듯 배꼽을 작고 웃었다.

이유는 없었다.

신하들 몰래 글자를 만드는 일은 힘들었지만 지나고 보니 부모님 몰래 집을 나와 반항하는 아이들처럼 겁나면서도 신남이 숨겨진 그런 설렘이었다.

‘무슨 짓을 할까?’

고민하는 장난꾸러기들은 신이 나 있었다.

“무엇을 먼저 찍을 것이옵니까?”

“부처의 가르침과 설화를 먼저 택하자.”

이도의 눈빛이 따뜻했다.

“인연과 연민을 말하는 이야기는, 백성의 가슴에 바로 닿는다.”

그날로 공방은 낮과 밤을 가리지 않았다. 이도는 불경과 설화의 말을 새 글로 옮기고, 영실은 그 말들을 네모 틀에 걸맞게 조정했다. 불교의 인연담이 자모로 흐르고, 자모는 다시 쇳물로 굳어, 손끝의 뜨거움과 종이의 숨결을 건넜다.

마침내 첫 책이 묶이는 날, 궁의 뜰에는 햇빛이 가벼운 종잇장처럼 흩어졌다. 표지에는 '훈민정음 불교 설화'라 단정히 적혔다. 책장을 펼치자, 깨끗한 네모 속에 선명함이 정갈히 앉아 있었다. 자모는 서로 기대면서도 섞이지 않았고, 칸과 칸 사이엔 한숨의 여백이 있었다.

이도는 책을 들어 올리며 말했다.

"이 책이 저 고을의 아이에게 가 닿아, 안 보이던 것을 보게 할 것이다."

"또 머나먼 절의 촛불 앞에서도 낭독될 것입니다."

영실의 목소리가 떨렸다.

"장터의 소리, 논의 바람, 어머니의 자장가가 글로 찍혀 남겠지요."

이도는 책장을 넘겼다.

"여기 한 설화를 읽어 보자."

그는 소리 내어 읽기 시작했다.

"강가의 어부가 작은 생명을 놓아주니, 돌아온 비가 마른 밭을 적셨다— 인연과 보답은 눈에 보이지 않으나 반드시 있다."

글은 노래처럼 흘렀고, 영실과 이도는 신이 났다.

며칠 후, 변복한 이도와 영실이 불교 설화 책을 들고 성문을 나설 때, 한 노파가 멀찍이서 서 있었다. 그들이 발걸음을 멈추자 노파가 조심스레 다가왔다.

"응?"

영실이 들고 있던 책을 보더니,

"나리, 요사이 아이들이 이상한 글을 따라 읽더이다. 손녀가 가르쳐 주어 배웠는데 그 글로 쓰여진 책은 처음 봅니다. 저도 한 번 볼 수 있을까요?"

영실이 노인에게 책을 보여 주었다.

"이 글자를 어디서 보았단 말인가?"

"생긴 건 조금 네모나진 않았지만 약방문을 적은 벽서에서 보았습니다."

그랬다!

영실은 스승님의 뜻을 따르고 연이의 못다한 유언을 대신 행하고 있었다. 양심 있는 의원들과 뜻있는 아녀자들에게 한글을 가르쳐 더 많은 환자를 돕고자 했다.

그 결과 한글이 더 널리 퍼지는 계기가 될 줄 몰랐다.

"노인장 이 글자를 읽을 수 있겠소?"

책을 한참 바라보던 노인은

"부처님께서 말씀하시기를⋯."

"노인장께서 책을⋯."

"세상에, 나리 제가 진짜 책을 읽을 수 있어요. 전 글자 하나하나씩 손녀가 가르쳐 준 대로 배우기만 했는데 어떻게 이런 일이⋯. 소리를 그대로 적은 글이라 하면서요. 그게 정달 사실입니까?"

이도가 미소 지었다.

"그렇소. 입이 내는 소리를 모두 적을 수 있소."

노파는 마치 어린아이처럼 좋아했다.

"그럼 내 손녀가 절에서 들은 보살님의 말씀도, 장에서 들은 재담도, 여기에다 적을 수 있겠습니까?"

"적을 수 있소."

이도는 책을 노파의 손에 올려주었다.

"눈으로 읽고, 입으로 읽고, 마음으로 읽으시오."

노파는 두 손으로 책을 받았다. 한참을 들여다보더니, 종이 위의 네 모들을 손가락 끝으로 더듬어 보았다.

"참 깨끗하구나. 글자가 씻은 돌 같구나."

그녀는 눈을 감고, 아주 느린 속도로 첫 줄을 따라 읽었다.

"달빛이 천강에 부서진다….'"

그 소리를 듣는 동안, 영실은 멀리 화로의 붉은 흔적을 떠올렸다. 격자와 턱, 먹과 종이, 쇳물과 바람. 그 하나하나가 노파의 떨리는 소리와 맞물려 하나의 길을 만들고 있었다.

"전하, 우리글이 불경의 빛을 받았으니, 이제 백성의 이야기도 빛을 받을 차례입니다."

"그래."

밤에 공방으로 돌아온 그들은 또 다른 종이를 꺼냈다. 이번엔 마을에서 듣고 모은 이야기들을, 아이들이 웃으며 외우던 노랫말을, 장터에서 떠도는 우화를 글로 옮겨 넣을 차례였다.

언젠가 이 책들이 바다를 건너고 산을 넘어 길을 바꿔놓으리라는 것을 그들은 알지 못했다. 다만 알고 있었던 것은 한 가지, 오늘 밤 이

빛과 그림자

작은 공방에서 배어 나간 빛이 누구의 가슴에는 불씨가 된다는 사실
이었다.

"용비어천가를 인쇄하여 글자를 시험해 보아야겠다."

이도는 미소 지었고, 활자는 고요히 세상을 기다리고 있었다.

조선에 불어오는 북풍

　이도와 영실은 희망이란 이름을 향해 달려온 끝이 보이는 것 같았
다. 웃으며 땀방울을 함께 닦으려 할 때 세상은 그들을 가만히 놔두지
를 않았다. 운명이란 이름으로 그들을 세찬 바람으로 마구 흔들 준비
를 하고 있었다.

　명나라 사신단이 의기양양하게 한양의 궁궐에 도착했을 때, 조정의
공기는 이미 무겁게 가라앉아 있었다. 그들의 입은 단호했고, 눈빛은
날카로웠다.

　"천문과 역법은 천자가 다스리는 하늘의 권한이니, 조선이 감히 이
를 만들 수 없소. 또한 글자를 새로 만든다 함은, 황제의 문자를 가벼
이 여기는 불경이오."

　사신의 말은 칼날처럼 이도의 가슴을 찔렀다. 이어지는 협박은 더
욱 노골적이었다. 그들의 목적은 조선의 천문학과 역학이 너무 발전
해 명나라를 능가하는 것을 원치 않았다. 그리고 장영실과 같은 특출
한 인재를 명으로 데려가기를 원했다. 물론 한글 만드는 것 역시 탐탁
하게 여기진 않았지만 크게 생각하지 않았다.

　　　　　　　　　　　　　　　　　　　　　빛과 그림자

그들은 한글의 실체를 몰랐기에….

그러나 다른 것을 얻기 위해 한글까지 위협하고 있었다.

"게다가 조선의 장영실이라는 자는 하늘의 이치를 훔치고 우리의 기술을 도둑질했다. 마땅히 죄인으로 두어 명으로 보내야 하겠소."

조정은 술렁였고, 신하들은 일제히 상소를 올렸다.

"전하, 명나라의 노여움을 사면 사직이 위태롭습니다. 천문과 역학은 만들지 마시옵소서. 장영실은 이미 지나친 공을 세웠으니 더 큰 화를 부르기 전에 내치시는 것이 옳습니다."

"그러하옵니다. 새로운 글자도 그렇습니다. 대대로 중국의 문물을 본받고 섬기며 사는 데 한자와 다른 소리 글자를 만드는 것은 중국에 대해 부끄러운 일입니다. 또한 한자와 다른 글자를 가진 나라들은 하나 같이 오랑캐들뿐이니, 새로운 글자를 만드는 것은 스스로 오랑캐가 되는 일이옵니다."

그들의 말은 비겁했으나 현실적이었다.

그리고 그들 중 다수가 장영실을 천민 신분으로 대호군이라는 관직에 올라가고 자기들보다 왕에게 총애를 받는 것을 평소 못마땅하게 생각하고 있었다. 그런 연유로 이도는 영실이가 새 글자에 관여를 하고 있다는 것을 비밀로 했다. 영실이 새 글자의 참여하고 있다는 이유로 새 글자를 더더욱 싫어하고 무시했을 것이다. 또한 영실을 한글로 옥죌 수도 있을 것 같아서였다. 이도는 조용히 눈을 감았다.

그의 뇌리에 떠오른 것은, 비바람 몰아치던 밤에도 하늘을 관측하던 영실의 눈빛, 백성들이 물시계 앞에서 기뻐하던 얼굴, 글자를 배우며 웃던 아이들의 모습이었다.

이것은 단순한 기계와 글자가 아니었다. 조선이 나아갈 길, 백성이 어둠을 벗고 밝음을 찾는 길이었다.

사신들은 이도 앞에서 고개를 치켜들며, 천문과 글자는 오직 천자의 권한이라고 못 박았다.

"천하의 이치는 오직 황제께서만 가지실 수 있는 것. 조선이 별을 살피고 새 글자를 만든다 하니, 이는 하늘을 도둑질하는 패역입니다."

그 말이 끝나자, 신하들 또한 두려움에 떨며 상소를 올렸다. 중국의 미움을 사지 않기 위해, 조선은 스스로를 낮추어야 한다는 주장이었다. 이도는 그들의 눈빛을 살피며 마음 깊숙이 치밀어 오르는 분노를 감추었다.

그러나 겉으로는 미소를 잃지 않았다.

"내 이를 생각해 볼 테니 기다려라."

나라를 지키려면, 감정이 아니라 이성이 앞서야 했다.

조선의 장인 영실은 천문과 수학, 기계 설계에 있어 타의 추종을 불허했다.

그는 하늘의 별을 관측하는 간의대를 세웠고, 백성이 시간을 알 수 있는 물시계와 해시계를 만들었다.

그의 솜씨로 조선은 어둠 속에서 빛을 찾고 있었다.

그러나 그의 이름이 드높아질수록, 중국은 의심의 칼날을 더욱 날카롭게 세웠다.

"장영실이란 자, 천문과 역학을 빙자해 우리 명의 기술을 훔쳤다. 그를 북경으로 압송하라. 그렇지 않으면 조선을 도적의 나라로 치부한다.”

명나라 황제의 협박이었다. 그러나 이도는 알았다.

장영실이란 한 인간이 아니라, 조선의 미래를 위협하고 있다는 사실을….

그리고 이 명석하고 뛰어난 천재를 명나라에서 욕심을 내고 있다는 사실도….

풀어야 한다, 이 난제를.

영실과 새 글자를 양손에 쥐고 있기엔 위험요소가 너무 많았다. 결정을 해야 하는 순간이 다가왔다.

깊은 밤 이도는 영실을 불렀다.

“부르셨습니까?”

“음.”

“왜 부르셨는지 알 것 같습니다.”

“나는 자네가 이 조선을 지금까지 얼마나 큰 발전을 가져왔는지 제일 잘 알고 있는 사람이지. 남들은 나의 치세로 발전된 과학기구와 수많은 발명품으로 태평성대라 하지만 자네의 그 뛰어난 손재주가 없었다면 불가능 했을 거네.”

“과찬이십니다.”

“자넨 이 난제를 어떻게 풀어 갔으면 좋겠나?”

“훈민정음입니다.”

“뭐라?”

“천문학과 다른 기구들은 제가 기록을 해두면 누군가가 또 만들 수 있습니다. 그러나 십수 년간 연구하여 만들어진 이 글자는 여러 과정이 연결되어 복잡하기도 하지만 한 번 정당성을 인정받지 못하면 나중에도 세상에 나오지 못해 빛을 보지 못합니다."

"알고 있다. 그런데 문제는 천문학과 기구가 아니다. 바로 너다. 난 너를 명나라에 잡혀가게 할 수 없다."

"전하, 저는 전하께 하늘 같은 은혜를 입었습니다. 저를 내치십시오."

"내 방법을 찾을 것이야."

"저는 어떤 처분이든지 전하의 선택이 최선임을 믿습니다."

이도는 깊은 고민 끝에 결단을 내렸다.

하늘을 훔쳤다는 누명으로 영실을 내어 줄 수는 없었다.

그러나 명의 압박을 정면으로 거부하면 나라 전체가 흔들릴 것이었다.

그는 단 하나의 길을 택했다.

사랑하는 신하를 스스로 무너뜨려 지켜내는 길이었다.

이도는 비밀리에 장인들에게 명했다.

어가의 바퀴를 일부러 약하게 만들라고.

그리고 의도적으로 영실에게 어가의 총책임을 맡기라고.

며칠 뒤, 이도가 타고 나선 행차에서 어가가 크게 부서졌다. 차축이 부러지며 어가는 크게 기울었다. 신하들이 놀라 황급히 달려왔고, 그 책임은 영실에게로 향했다.

"장영실은 하늘을 속이고 기술을 훔쳤다더니, 이제는 어가까지 소홀히 만들어 성상께 위해를 끼쳤습니다."

분노 섞인 목소리가 궁궐 안을 울렸다.

     빛과 그림자

왕의 존엄을 상징하는 수레가 부서지자, 조정은 충격에 휩싸였다.

"감히 왕의 어가를 망가뜨린 장영실은 관직 박탈하고 귀향을 보내야 합니다."

"그것으로 부족합니다. 참형에 처하소서."

"태형 100대에 처해야 합니다."

신하들의 간언이 빗발쳤다.

이도는 차갑게 명령을 내렸다.

"대호군 장영실을, 왕의 어가를 망가뜨린 죄로 태형에 처한다. 그리고 관직을 박탈하고 궁에서 내쫓으라."

'전하께서 어찌하여….'

신하들은 간언을 했지만 이도의 명령에 의아해했다. 그러나 영실은 이해했다.

이도의 눈빛이 모든 것을 말하고 있었기 때문이다.

나라를 지키려는 왕의 고뇌, 신하를 살리기 위한 거짓의 냉혹함.

그는 그 모든 것을 알았다.

영실은 묵묵히 형틀에 몸을 맡겼다.

채찍이 살을 파고들었으나, 그는 단 한마디도 변명하지 않았고 비명도 없었다.

그의 눈에는 오직 한 사람, 이도만이 담겨 있었다.

궁에서 쫓겨나던 날 밤, 이도는 홀로 영실을 찾았다.

왕의 눈은 붉게 충혈되어 있었다.

"영실아… 너의 재주는 나라의 등불이다. 허나 지금은 그 빛을 감춰야 할 때다.”

“전하… 신은 전하의 큰 뜻을 잘 알고 있습니다.”

그의 손을 굳게 잡았다.

그 손은 거칠었지만, 하늘을 담고 있었다.

“언젠가, 그대의 업적을 후세가 알게 될 것이다. 나는 그날을 믿는다.”

눈물은 끝내 말 대신 흘러내렸다.

왕과 신하의 슬픈 인사였다.

영실은 궁에서 추방되어 몸은 만신창이가 되었다.

그러나 그가 만든 물시계는 여전히 백성들에게 시간을 알려주었고,

그가 설계한 천문대는 여전히 밤하늘의 별을 기록했다.

그리고 이도는 영실이 떠난 뒤에도 집념을 꺾지 않았다. 아니 희생된 이들을 위해 더더욱 업무에 매달렸다. 임금의 손길이 차갑게 떼어진 것이 아니라, 뜨겁게 자신을 감싸 안은 것임을. 이도는 눈물을 삼키며 영실을 지켜낸 것이었다.

겉으로는 내쫓았으나, 명나라의 칼끝에서 그를 숨겨주려는 처절한 선택이었다.

밤이 깊자, 이도는 홀로 경복궁의 뜰을 거닐었다. 달빛이 고요히 내려앉은 하늘, 별빛이 반짝이는 그곳에서 이도는 하염없이 하늘을 바라보았다.

“백성에게는 굶주림을 막을 천문이 필요하고, 무지에서 벗어날 글자가 필요하다. 장영실은 하늘을 훔친 것이 아니라, 하늘을 백성에게 돌려준 것이다.”

                                                    빛과 그림자

그는 혼잣말처럼 속삭였다.

눈가가 젖어 왔으나, 그 눈물은 곧 불타는 결의로 바뀌었다.

"명나라가 무엇을 금하든, 조선의 길은 백성에게 있다. 장영실을 버렸으나, 나는 결코 그의 뜻을 버리지 않으리라."

세월이 흐르고, 조선의 하늘에는 여전히 별이 떴다. 한글은 백성의 입술에서 꽃처럼 피어났고, 천문기구들은 이도의 뜻에 따라 더욱 정밀해졌다.

사람들은 이도의 결단을 알지 못했다. 영실을 내친 것이 임금의 차가움이 아니라, 뜨거운 보호였음을 알지 못했다. 그러나 별빛은 늘 장영실의 머리 위에서 반짝이며, 이도의 깊은 뜻을 전해주고 있었다.

역사는 이도를 성군이라 부르고, 장영실을 천재라 부른다. 그러나 그들 사이에는 아무도 모르는 눈물의 약속이 있었다.

조선을 지키고, 백성을 위한 하늘을 열겠다는 그 약속이.

사람들은 장영실이 대역죄로 몰려 궁어서 쫓겨난 것을 알지만,
그 뒤에 감춰진 이도의 눈물은 알지 못한다.
왕은 스스로 냉혹한 군주가 되어야 했그,
신하는 억울한 죄인으로 살아야 했다.
그러나 그들의 선택은 한글을 살렸고,
그들의 뜻은 그대로 살아남았다.

초라하게 반포되는 훈민정음

　이도는 훈민정음을 나라의 온 백성이 환영하는 가운데 성대하게 글자를 내놓고 싶었다.

　모두의 환호와 기쁨 속에서…….

　그러나 현실은 그것과 너무나 동떨어져 있었다.

　몇 년 전 집현전에서 엄청난 준비와 노력으로 펼쳐진 경연에서 몇몇의 신하들의 신임을 얻어 냈지만 여전히 많은 이들이 이도의 글자 창제를 반대를 하고 있었다.

　지금까지 행보는 모든 사람들을 설득시키고 이해시켜 민주 적으로 정책을 진행하는 이도였다. 그러나 그러기엔 이도의 몸 상태가 너무 악화되어 있었다.

　모든 일을 주도하는 이도였지만 가끔 풀리지 않은 난제가 생겼을 경우 영실이가 그 문제의 실마리를 찾아주곤 했다. 두 사람은 바라보는 방향은 같았지만 접근 방식과 결은 정반대의 성격을 가지고 있었다.

　상충하는 듯하지만 보완에 있어서는 이보다 더할 수 없었다. 하나에 하나를 더하면 '둘'이 아니라 '열'이 나오는 구조였다.

 　　　　　　　　　　　　　　　　　　　　　빛과 그림자

그러니 이도에겐 영실의 빈자리는 엄청난 것이었다.

업무뿐만 아니라 밤늦게 연구하며 나누던 대화, 그 대화 속에서의 미소, 궁 안 에서 짓궂은 농담을 해 준 유일한 친구, 무엇하나 그립지 않은 것이 없었다.

궁궐이 텅 빈 것 같았다.

그 누구보다 지지해 주던 사람이 사라지자 몸은 열심히 움직였지만 그 마음은 병들고 있었다. 마음의 병은 몸의 병을 가져왔다.

'이러다 나의 치세에 훈민정음을 반포도 못하고 마는 것은 아닌가?'

'그러면 이 글자는 세상의 빛을 보지 못할 스도 있겠구나.'

여기까지 생각이 이르자 이도의 마음은 다급해졌다. 밤을 새는 날이 다반사였다.

글을 제대로 볼 수 없어 장인에게 화경(돋브기)를 다시 만들라고 명령했다.

어의는 매일 왕의 처소를 찾았다.

"전하 잠을 제대로 자지 않으면 아무리 약을 잘 먹어도 염증이 사라지지 않습니다. 제발 업무를 줄이십시오."

"아니된다. 내 눈이 더 안 보이기 전에 이 글을 완성하여 세상에 내놓아야 한다."

1446년. 6월 드디어 모든 준비는 끝났다.

이도는 조용히 훈민정음을 반포했다.

그리고 신하들의 반대를 무릎 쓰고 밀어붙였다.

이는 평소의 이도 행보가 아니었다.

이도라면 모든 신하들을 집합해 그들을 설득하고 이해시켜 자기의 뜻을 관철시켰다.

그만큼 글자의 반포는 중요했고 마음은 급했다.

집현전에서는 훈민정음을 만든 이도의 뜻을 지지해주는 몇 몇의 신하들과 세자, 왕자들, 그리고 일을 도와줄 관리들만 자리를 채웠다. 한 나라의 와이 직접 만들고 밤을 새워 만든 글자의 반포 자리는 말 할 수 없이 초라했다. 그래도 상관없었다. 확신이 있었기에….

"과인은 이미 마음을 정했다. 훈민정음이라 이름하여 세상에 반포할 것이다. 경들은 두려워 말고, 오히려 이 글이 백성의 삶을 어떻게 바꾸는지 지켜보라. 수백 년이 지나도, 백성이 글을 잃지 않고 누리며 살아가리라."

"언문청에서는 훔민정음해례를 전국에 전달할 것이다. 그리고 전국 모든 관아에 방을 붙여 알리도록 하라."

"네, 준비하고 있습니다."

언문청 관리 소속이 명을 받았다.

"오늘부터 훈민정음은 온 나라에 한자와 더불어 공식적으로 쓰여질 것이다.

정인지는 훈민정음해례를 반포하라."

"네, 전하."

정인지가 훈민정음을 반포를 읽었다.

"우리나라 말이 중국과 달라 한자와는 잘 통하지 아니 하므로, 백성들이 말하고자 하는 바 있어도 그 뜻을 능히 펴지 못하는 사람이 많

 빛과 그림자

다. 내 이를 불쌍히 여겨 새로 스물여덟 자를 만드니 익혀 쓰는 데 편
하게 하고자 할 따름이니라."

세종의 밤길

어가 사건 이후 영실은 태형에 쓰러지고, 관직을 박탈당해 궁 밖 허름한 초가에 몸을 의탁하고 있었다. 태형으로 부서진 몸은 고통스러웠지만, 마음은 오히려 뜨겁게 불타올랐다. 결국 그들은 한글을 지켜 냈기에….

이도의 마지막 눈빛이 그를 보호하기 위함임을 알고 있었기에 원망은 없었다. 손에 닿지 않는 하늘이라도, 그 빛을 백성에게 전해 줄 수 있다면, 자신의 삶은 헛되지 않으리라 다짐했다.

찬바람이 궁궐 담을 스쳐 지나갔다.

밤이 깊자 이도는 수행을 물리고 홀로 길을 나섰다. 달빛조차 숨어 버린 어둑한 길을 따라 한참을 걸은 끝에, 초라한 초가의 불빛아래 조용한 대화가 희미하게 새어 나왔다.

문 앞에 서자, 안에서는 거친 기침 소리가 들려왔다.

"쿨럭쿨럭, 한가위도 지났으니 전하께 문안드리려 궁 안에 가야 하지 않느냐?"

"네, 그렇게 하겠습니다."

"궁 안에서 편히 지낼 수 있을 것을 나 때문에 네가 고생이 많구나."

"이렇게라도 효도를 할 수 있어 얼마나 다행인지 모르겠습니다. 궁에서는 큰 스승님께 학문을 배우러 온 것으로 알고 있습니다."

이도는 문고리를 잡은 채 쉽게 열지 못했다. 마침내 떨리는 손으로 문을 두드리자, 그의 아들 이 권이 문을 열었다. 힘겹게 몸을 일으킨 영실이 문을 향해 다가왔다. 얼굴은 수척했고, 몸에는 아직 매질의 흔적이 선명했다.

"전하, 어찌 여기까지…."

두 부자는 동시에 말을 했다.

영실은 눈을 크게 뜨며 무릎을 꿇었다.

이도는 그를 붙잡아 세워 세차게 고개를 저었다.

"영실아, 미안하구나."

"저를 내친 것이 아니라. 저를 지키고자 한 것임을 알고 있는데 무슨 말씀이시온지. 제가 명으로 가지 않으면 명나라의 칼끝이 저를 겨누고 있음을 어찌 모르겠습니까?"

영실의 눈에 눈물이 고였다. 그러나 그는 미소를 지으며 말했다.

"부끄럽구나."

"전하를 원망하지 않았습니다. 다만… 제 손으로 더 많은 것을 만들지 못한 것이 아쉽사옵니다. 사람들에게 더 밝은 세상을 보여 주고 싶었을 뿐입니다."

"내가 너를 지켜 줄 수 있는 방법이 이런 광법밖에 없다니 내가 얼마나 못난 임금이자 친구냐?"

“아닙니다. 전하는 저만 지켜야 되겠습니까? 국가와 수많은 백성의 어버이시기도 하시니까요.”

“영실아, 억억억….”

이도는 어깨가 떨리도록 울부짖었다.

“만약 전하께서 저를 위해 명나라나 사대부에게 타협하여 한글을 포기하셨으면 전 정말 실망해서 전하를 보지 않았을 것입니다.”

그러면서 이도를 일으켜 세웠다.

“한글이 어떻게 만들어진 것입니까? 전하께서는 불편한 몸으로 잠도 안자고 영혼을 갈아 넣어 연구하셨고, 저는 온몸을 바쳐 손발을 움직였으며, 연이는, 연이는….”

영실의 두 눈에도 뜨거운 눈물이 쏟아져 말을 잇지 못했다. 이도도 차마 그 말을 듣지 못하고 영실의 손을 꼭 잡았다. 굳은살이 가득한 손바닥, 수많은 밤을 달빛 아래 깎고 다듬던 그 손이었다.

“네가 보여 주고자 한 하늘, 연이가 우리에게 해주고 싶었던 마음, 내가 끝내 이룰 것이다. 글자도, 천문도, 모두 너의 뜻을 이어 백성에게 돌려주리라.”

그의 음성은 떨렸고, 눈가에는 뜨거운 눈물이 흘렀다. 임금이 백성을 위해 흘린 눈물, 그리고 한 천재를 지켜내지 못한 통곡이었다.

잠시 침묵이 흘렀다. 영실은 마침내 잔잔히 미소 지었다.

“전하, 저의 삶은 이미 족합니다. 전하와 같은 임금을 모셨으니.”

이도는 말없이 영실을 끌어안았다. 허름한 초가 안, 두 사람의 그림자가 불빛 아래 길게 드리워졌다.

그날 밤, 이도의 탄식은 하늘에 닿았그, 그들의 눈물은 더욱 뜨겁게 흘렸다.

"가만히 생각하니 나도 자네가 있어 참 고마웠네. 양녕 형님이 주고 간 이 자리가 얼마나 버거웠든지, 사방에 기대와 감시로 번뜩이는 눈들만 있는 줄 알았던 궁 안에서 언제나 조용하지만 묵묵히 나를 믿고 지원해 주는 시선이 있다는 건 천군만마를 얻던 것 같았지."

"정말입니까? 그것으로 충분한 것 같습니다."

"영실, 언젠가 그랬지. 내가 태양이고 자넨 나를 따르는 그림자라 했던가? 아니, 그건 절대 아니네. 우린 다 같이 그림자였다. 한글의 그림자, 백성의 그림자."

영실이 이도를 측은한 듯 바라보았다. 이도 역시 마주 보며 묻는다.

"연이가 보고 싶지 않느냐?"

"…."

"정숙하고 섬세한 아름다움을 가진 여인이었다."

"지독히도요."

"내년 봄에 자네와 권이가 지낼 암자마당에 부용화를 심어두라 일러뒀다. 그 여인과 어울리는 꽃일 것이다."

"부용화는 아름답지만 아침에 피었다가 저녁에 지는 일일화가 아닙니까?"

"그렇지. 아름답지만 하루밖에 볼 수 없지."

"그 짧은 삶도 퍽이나 닮았네요."

영실이 이도를 무심히 바라보며 말했다.

"훈민정음이란 글자가 널리 쓰이고 빛나는 글자가 되는 날이 올
까요?"

"확실하다. 우린 그렇게 했다."

"확고하십니다."

"그렇다. 그런데, 자네와 나의 이 아픈 그림자를 사람들이 알아
볼까?"

"글쎄요….”

"전하를 원망하지 않았습니다. 다만… 제 손으로 더 많은 것을 만들
지 못한 것이 아쉽사옵니다. 사람들에게 더 밝은 세상을 보여 주고 싶
었을 뿐입니다."

 빛과 그림자

이도와 영실의 약속

영실이 아들 이권에게 책을 하나 건넸다.

"아버님 이것이 무엇입니까?"

"전하께서 너에게 부탁하신 것이고 전하와 내가 꿈꾸어 왔던 나라를 위해 우리가 대대로 해야 할 것들이다."

"전하께서요?"

"그래, 이 나라와 사람들을 위해 반드시 해야 할 것들을….."

"음."

"전하께서 비밀리에 모든 것을 지원해 주실 거다. 나라에서 하기 힘들지만 반드시 해야 할 것들, 미래의 위험에 대처하기 위한 것들이다."

이권이 의미심장하게 영실의 눈을 보았다.

"그 일을 언제까지 해야 됩니까?"

"이 나라가 존속될 때까지 계속."

"우리도 그렇지만 우리 후손들이 이를 유지할 수 있을까요?"

"믿어야지. 그리고 가르쳐야지. 그래서 이를 이어나갈 후손에게 남겨 줄 그 책 첫 장에 마음가짐이 적혀 있다.

그리고 그 다음 장부터는 '빛과 그림자'에서 연구한 기술과 업적들을 기록할 것이다."

첫 장에는 다음과 같은 내용이 있었다.

'빛과 그림자 회원의 마음가짐'

- 세상 그 누구도 도움을 주고받지 않은 자 없으며, 그 누구도 귀하지 않은 자 없다.
- 모든 일들은 나라와 백성의 이익을 우선시해야 한다.
- 빛과 그림자에서 이루어진 기술과 자산은 개인의 영화와 권력을 위해서는 절대 사용되어서는 아니된다.
- 나라가 안정되어서는 문화를 발전시키고 세상을 이롭게 하는 역할을 해야 한다.
- 글로 기술과 인류 유산을 남겨라. 그래야 도덕적 책임과 권리를 추구할 지혜를 받아들일 수 있다.
- 훌륭한 문화가 완성될 경우 이 세상에 살아 있는 모든 이와 공유할 수 있게 해야 한다.

이 소설을 쓰게 된 동기, 특별한 경험

필리핀 어학연수를 간 큰아이가 걱정되어 작은아이와 그 어학원을 방문한 적이 있었다. 지금 생각해 보니 소심하고 걱정 많은 엄마였나 보다. 현지 영어 선생님과 바깥에서 점심을 먹었다. 이런저런 이야기 도중 자기는 한글을 배워서 한국에 오고 싶다고 했다. 그래서 그녀의 어설픈 한국어와 나의 어설픈 영어로 내가 학원에서 영어를 가르치듯 한글을 가르쳐 주었다. 한글의 자음, 므음의 음가를 영어 발음기호로 대응시켜 주었더니 자모를 이해했다.

그리고 1시간 정도 자모를 외운 후에 대부분의 한글을 읽을 수 있게 되었고 쉬운 한글을 쓸 수도 있었다. 배운 사람도 가르친 사람도 깜짝 놀랐다.

"어떻게 이렇게 쉽냐?"는 그녀의 반응에 나는 당신이 너무 똑똑해서 그런 것 같다고 말했다.

그녀는 내가 너무 쉽게 잘 가르쳐 준 것 같다고 했다.

우리 둘 중 한 명은 천재인가 싶었다. 우리는 마주 보며 신기한 듯 웃었다. 나중 다른 사람에게 가르쳐 준 결과 새로운 사실을 알게 되었다. 한글이 문제였다.

24자모의 음가만 알면 그대로 읽기만 하면 되는 것이었다. 그녀는 영어에 비해 음가의 소리에 거의 예외가 없어 소리 나는 대로 읽으면 된다고 했다.

'지금까지 내가 쓰고 있는 한글이 이렇게 쉬웠나?' 하는 생각이 들며 한글에 대한 호기심이 생겼다. 한국으로 돌아와 도서관과 인터넷에서 한글을 연구하게 되었다. 그리고 한글이 내가 알고 있었던 것보다 대단한 문자라는 사실을 알게 되었다. 어문으로서가 아닌 체계적인 언어의 도구로써 수학적이고 과학적인 면을 발견했다. 갑자기 이를 만든 사람들이 궁금해졌다.

'한글을 세종대왕 혼자서 만든 것일까?

그건 불가능해 보인다.

발음기관을 보지 않고서는 알 수 없는 소리와 유사한 발음기호들, 한자권에서 볼 수 없는 자음과 모음의 조합으로 이루어진 표음문자, 네모에 들어갈 수 있는 짜임새 있는 도형 같은 문자의 조합, 글자 하나로 표현할 수 있는 무한히 생성할 수 있는 확장성, 수학의 함수와 같은 자모 대한 정확한 음가의 결과값, 완전조립형 금속활자에 알맞은 구조, 이건 여러 나라의 표음문자를 연구하고 언어와 문자만의 문제가 아니라 수학과 과학을 실제 사용하고 연구해야만 가능한 것이라고 생각되었다. 심지어 해부를 할 수 있는 누군가의 도움을 받지 않았을까?'

하는 의문이 들었다. 그들에 대해 추측하고 이를 토대로 상상력을 발휘해 소설을 한 번 써 보고 싶다는 생각을 하게 되었다. 그런데 추측한 것들을 역사적 자료로 찾아보니 한글을 만든 동시대에 추측 인물과 사건들이 존재해 사뭇 놀랐다.

그리고 이 상상력과 실제 가능성을 누군가에게 이야기해 주고 싶어

소설을 쓰기 시작했다. 집안일과 직장을 병행하며 조금씩 쓰다 보니 시작한 지 어언 10년이 넘었다.

처음 쓰는 소설이라 그냥 대충 쓰고 싶지 않은 것도 있지만 영감이 떠오를 때마다 조금씩 글을 썼다. 아무도 재촉하는 사람 없고 마감을 신경 쓸 필요 없는 무명작가라 편했다. 마지막은 이러다 평생 마무리 못 하지 않을까 생각되어 좀 서둘러 마무리한 것 같다.

2026. 1. 어느 겨울밤에
황향연

빛과 그림자

ⓒ 황향연, 2026

초판 1쇄 발행 2026년 2월 27일

지은이　　황향연
펴낸이　　이기봉
편집　　　좋은땅 편집팀
펴낸곳　　도서출판 좋은땅
주소　　　서울특별시 마포구 양화로12길 26 지월드빌딩 (서교동 395-7)
전화　　　02)374-8616~7
팩스　　　02)374-8614
이메일　　gworldbook@naver.com
홈페이지　www.g-world.co.kr

ISBN　979-11-388-5533-4 (03810)